NOVELLE NERE

Andrea Vitali

La profezia del povero Erasmo

Rizzoli

Pubblicato per

Rizzoli

da Mondadori Libri S.p.A.

Edizione pubblicata in accordo con Donzelli Fietta Agency srl

ISBN 978-88-17-17657-0

Prima edizione: aprile 2025

La profezia del povero Erasmo

Prologo

Verwirrt werden: infognarsi, non c'era verbo migliore. Era ciò che sua sorella Mila aveva fatto, sposandosi e andando ad abitare a Ligerz, sulle rive del lago di Bienne. Un buco con un po' d'acqua davanti. Dimenticando Lucerna – non c'era tutta l'acqua di cui uno può avere voglia anche lì ? – le sue luci, la vita, le serate con gli amici, ogni cosa sostituita da quel paesino di poche case e pochi esseri umani quasi sempre chiusi dentro le proprie mura. Come sua sorella non potesse avvertire nemmeno un minimo di nostalgia per ciò che era stata e aveva fatto fino a sei mesi prima, Ariella Achermann non riusciva a capirlo, benché lei avesse tentato di spiegarsi. Chiacchiere da adolescente a suo giudizio. La felicità domestica, l'amore che l'aveva travolta un anno prima e l'aveva spinta a sposare un uomo che faceva il cameriere a Neuveville e la sera dipingeva paesaggi pastorali. Proprio un gran bel divertimento! Ma si poteva essere così sceme? E lei, lei, ancora più scema che s'era giocata le ultime ferie dell'anno, sette giorni, cedendo alla richiesta di Mila di andarla a trovare. L'avesse saputo! Era lì da due giorni e già non vedeva l'ora di andarsene. Anche

Blanche, il caniche che aveva portato con sé, pareva non sopportare più quella condizione. Era nervoso, mugolava nel sonno, mangiava di malavoglia, non si eccitava ai suoi richiami. Bisognava pensare a una bella scusa per interrompere la visita e andarsene, stava pensando Ariella Achermann quella mattina di fine novembre 1934. Mattina di nebbia, terzo giorno lì a Ligerz. Era uscita comunque benché la sorella le avesse detto di pazientare, di lì a un paio d'ore la nebbia sarebbe sparita. Il cane, le aveva risposto, i suoi bisogni. Sta' attenta, aveva detto Mila. Lei aveva reagito ridendo. C'erano forse mostri sul fondo di quel lago grigio, piatto, silenzioso, che avrebbero approfittato della nebbia per uscire e dare un'occhiata al panorama? Per poi tornarsene sotto di fretta però, nella propria tana, così come doveva fare lei, tornarsene quanto prima a Lucerna lasciando sorella e marito a quella vita vivace come un presepe. Con una bella scusa naturalmente, senza offendere. Ma quale? Da una mezzora ormai Ariella girava a vuoto, non le veniva in mente nulla che potesse suonare convincente e la previsione di dover passare altri quattro giorni nell'atmosfera sdolcinata e soffocante di quella casa le risultava via via sempre più insopportabile. L'unica soluzione, pensò, era essere sincera. «Non è forse meglio così, Blanche?» chiese ad alta voce, accorgendosi solo in quel momento che il cane non era lì.

«Blanche!» gridò.

La nebbia si stava diradando, il suo grido volò in cielo, verso le cime degli alberi più alti dai rami nudi. S'era levato un filo d'aria portando con sé un cattivo odore di terra, terra immobile come tutto il resto, forse stanca di coprire morti e chissà cos'altro. Un pensiero che accompagnò il brivido provocato dall'aria. Un'unica onda, sinuosa, come greve di stanchezza, si muoveva quasi al centro del lago. Ecco il mostro che sta per uscire, pensò Ariella. Staccò gli occhi dal lago, dalle sue sconosciute correnti per guardare davanti a sé, pronta a chiamare ancora il cane. Lo vide invece, un centinaio di metri più avanti. Sembrava accucciato, guardare qualcosa, un tronco d'albero pareva, davanti a sé.

«Blanche, *komm her!*» gridò. Il cane non si mosse, non rispose. Strano per un animale così ubbidiente.

«*Scheisse*» mormorò Ariella avviandosi, l'odore di terra che si faceva più intenso un passo dopo l'altro, fino a che fu a un paio di metri dal cane. Solo allora Blanche emise un mugolio, senza però muoversi né guardarla, lo sguardo fisso sulla schiena del cadavere. Ariella fece un altro paio di passi per accertarsi di ciò che aveva sotto gli occhi. Al pari del cane non era spaventata, stupita piuttosto. Notò il colore del viso, livido, le mani intrecciate avevano quello di certe foglie, le unghie nere. Senza cappotto, raccolto in sé, i capelli lucidi. Il cane emise un secondo mugolio, un verso che straziò il silenzio del bosco e del lago. Un morto, pensò Ariella: non poté fare a meno di constatare che aveva gli stessi colori della terra, del bosco.

La *stube* stava di lato alla stazione di partenza della funicolare Tessenbergbahn che collegava Ligerz a Preles. In bocca Ariella avvertiva un sapore di terra, come se l'avesse masticata insieme alle maledizioni che aveva mormorato. Un morto non era certo la scusa migliore per salutare e riprendere la via del ritorno. Dentro il locale c'era il solo oste che stava disponendo boccali di birra su una mensola alle sue spalle. Aveva guardato prima lei, poi il cane, infine le impronte umide che avevano lasciato sul pavimento di legno. Quando Ariella gli aveva chiesto qualcosa da bere l'oste aveva proposto: «Acquavite?», forse ironico o per sfida o forse per vendicarsi di quelle orme umide.

Non aveva risposto.

Lui aveva versato, Arielle aveva bevuto con un solo sorso senza avvertire il sapore, il bruciore del liquore.

«Ancora?» aveva chiesto l'oste con un tono questa volta equivoco e prendendo un bicchierino anche per sé. Ariella aveva intuito in quel gesto, nel tono dell'oste tutto il suo essere estranea a quel posto. Non solo alla *stube* dov'era ancora l'unica cliente, anche al bosco, al lago, alla casa di sua sorella e agli insulsi dipinti del marito. Anche allo sguardo ammiccante dell'oste che si preparava a versare dell'altra acquavite.

Pezzo d'idiota!

Era stato mentre inclinava la bottiglia che gli aveva detto di aver trovato un cadavere nel bosco. L'oste aveva finito di versare, aveva sorriso.

«Può capitare» aveva detto, evidentemente non credendole, fissandola con due occhi dalla sclera malata.

Era possibile che non la prendesse sul serio?

«Salute» aveva confermato l'oste sollevando il suo bicchiere.

Ariella aveva dato un colpo al proprio, rovesciando il liquore sul bancone.

«*Was zum Teufel macht er?*» si era subito adombrato lui.

Ariella non aveva risposto, s'era girata.

«*Komm*» aveva detto rivolta al cane. Doveva trovare un telefono.

Mila già da qualche minuto era sulla soglia di casa. Ariella la vide già da lontano. Intuì il motivo per cui era lì, la posa che aveva assunto parlava per lei: le mani giunte appoggiate al petto come se pregasse. L'avesse vista suo marito l'avrebbe ritratta, crepuscolare pastorella sul fondo di un prato o pietosa pia donna al capezzale di un agonizzante.

Era preoccupata, no? Visto che mancava da casa da un paio d'ore. E di lì a poco, una cinquantina di metri, poco più di una cinquantina di passi, glielo avrebbe chiesto.

Mi hai fatto stare in pensiero, è successo qualcosa?

Ariella aveva pronta la risposta.

«No, niente di che. Ho solo trovato un cadavere nel bosco.»

Scheisse!

I

Il funerale di Erasmo Siromalli, fruttivendolo, venne celebrato in una marzolina mattina del 1931. Un mezzo vento che aveva preso a soffiare fino dall'alba giocò con cappotti, pastrani, cappelli, ciuffi, riporti e foulard dei partecipanti al corteo. Uomini e donne si pareggiavano a occhio e croce in quanto a presenze e nonostante la particolarità dell'ora: tanto che lo stesso Erasmo, se avesse potuto vedere, si sarebbe meravigliato di avere un così alto numero di concittadini che lo stavano accompagnando nel suo ultimo viaggio. Per abitudine infatti il prevosto celebrava i funerali nel primo pomeriggio, dedicando la mattina agli affari correnti della parrocchia o visitando a domicilio i malati e gli anziani soli: tanto i morti mica scappavano. Ma proprio quel pomeriggio aveva un incontro, fissato da tempo, con Dolomeo Tortazza, restauratore pavese, cui doveva mostrare la Via Crucis lignea che impreziosiva la prepositurale e che in più di una stazione necessitava di interventi. Non poteva, non voleva mancare, così come teneva a celebrare di persona l'ufficio funebre per il Siromalli, fedele praticante e osservante. Da qui la decisione per quel funerale mattutino, anziché affidarlo al coadiutore che avrebbe potuto sostituirlo. La cosa strana fu che di quella morte non fosse stato dato annuncio tramite manifesti. Strana, è vero. Ma solo per chi non fosse stato del posto e non conoscesse, almeno di fama, il figlio del defunto, Cletto Siromalli. Una simile negligenza, che peraltro nulla tolse alla sentita partecipazione alle esequie, fu ragione di commenti talvolta aspri nei confronti del giovanotto, tal altra venati di condiscendenza, come a dire che da una rapa non si poteva cavare sangue. Commenti che corsero non solo nelle ore immediatamente seguite alla scomparsa del Siromalli senior, ma si protrassero, rinforzandosi anzi, fino al momento della cerimonia funebre, a maggior gloria del morto se confrontato con il suo erede, e come ebbe modo di segnalare il prevosto durante l'omelia. Non mancavano le belle parole al sacerdote, nemmeno la gestualità che accompagnava gli snodi cruciali delle sue prediche. Prediche che sembravano stampate, tant'erano belle e precise! Non solo bravo, paziente anche, spiegava le parabole che alla fine anche i ciottoli del sagrato le capivano. Giusto che per il povero Erasmo fosse stato lui a celebrare la funzione, il defunto se l'era proprio meritato.

D'altra parte sul defunto non c'era altro da dire che bene. Giovane vedovo, era rimasto comunque fedele alla moglie anche se le occasioni di tirarsi un'altra donna in casa non gli sarebbero mancate. Più d'una, quando ancora aveva il Cletto piccolo, s'era fatta avanti e se non di persona aveva mandato in avanscoperta incursori per tastare il terreno. Ma il Siromalli, ovviamente quand'era stato in grado di farlo, l'aveva confessato al prevosto:

non aveva mai tradito sua moglie da viva, men che meno voleva farlo adesso che non c'era più. Doveva solo aver pazienza e prima o poi nell'aldilà l'avrebbe ritrovata. Una vita di lavoro, nessun vizio, una passione, quella per la storia patria con la quale spesso intratteneva, a volte asfissiandola, la sua clientela, prodigo di date e nomi, soprattutto quando il calendario gli offriva il destro della ricorrenza di questo o quell'evento.

A quell'uscita del sacerdote Cletto Siromalli, che stava nel primo banco accarezzando con due dita un primo accenno di baffetti, deciso a farli crescere secondo una moda che aveva spiato su certi giornali, lanciò uno sguardo alla volta della chiesa. Fu un gesto insieme di insofferenza e sollievo ricordando quanto aveva patito le estenuanti letture serali del genitore. «Educative! Historia magistra vitae! Ricorda queste parole poiché nella vita non si sa mai e un giorno potrebbero tornarti molto utili!», quante volte se l'era sentito dire? E di come adesso grazie all'alto dei cieli se ne fosse liberato. Distratto da quel pensiero non udì ciò che il prevosto aggiunse all'elogio del defunto.

«Previdente, oculato genitore.» Che dopo una breve agonia se n'era andato con la coscienza in pace avendo lasciato al figlio di che guardare al futuro con serenità: cioè un'attività ben avviata e altrettanto apprezzata dalla clientela per la serietà dello stesso Siromalli senior. Alle prime file, compresse in un silenzio attento e riflessivo, forse sfuggì che l'uscita del sacerdote potesse mascherare una frecciatina o un invito a riflettere, diretti al giovanotto. Non certamente alle retrovie che raccoglievano oziosi di entrambi i sessi alla ricerca di qualunque evento, anche un funerale, purché fosse in grado di interrompere una giornata altrimenti vuota. Da lì sorse qualche colpo di tosse, un mormorio, scoccarono occhiate che avevano un solo significato: si vedrà!

Perché il Cletto, che nel frattempo aveva chiuso le orecchie alle nobili parole del prevosto e continuava a saggiare l'esordio dei baffetti, nonostante avesse superato da poco i ventitré anni, fino a quel momento non aveva dimostrato di avere nel sangue la stessa passione che il padre aveva cercato di trasfondergli nei confronti di frutta e verdura. Era sempre il vecchio che alle prime luci del giorno apriva la bottega per non perdere le clienti che dalle frazioni, dopo aver consegnato il latte al consorzio sociale, si rifornivano da lui quando gli orti avevano smesso di dare e le scorte s'erano esaurite. Il Cletto compariva a orario più tardo, a volte anche più tardi di quel variabile orario, ed erano perlopiù sbadigli tanto i saluti quanto le risposte, mentre guardava in tralice la prospettiva di passare la vita a cantare le lodi di zucchine e fagiolini. In testa gli suonava piuttosto un'immaginaria musichetta, vivace, allegra, colonna sonora di altri orizzonti, misteriosi allo stato e dei quali non avrebbe saputo dire in cosa consistessero, come se fossero coperti da una nebbia. C'era il suo futuro comunque lì dietro, e adesso era il momento di cominciare a diradare quella nebbia che lo nascondeva. E il Cletto, che aveva smesso per un istante di carezzarsi il labbro superiore, riprese a farlo mentre il prevosto dava il via al canto di commiato e scendeva dall'altare per aspergere e incensare la bara del genitore.

2

Il corteo funebre aveva raggiunto il cimitero. Magro corteo, poiché la salita verso il camposanto metteva a dura prova gambe e polmoni. Il paesaggio limpido offriva più di una distrazione, massimamente verso l'alto lago e la corona delle Prealpi le cui cime erano ancora inzuccherate di neve. Più di uno dei presenti si lasciò incantare da ciò che aveva sotto gli occhi, ma una volta interrato il povero Erasmo ciascuno rientrò nel ruolo che il momento richiedeva e, quasi in fila indiana, tutti si disposero a salutare il Siromalli junior con facce acconce al momento, gesti misurati e formule di commiato tra le più varie: strette di mano e pacche sulle spalle, occhiate umide chissà se di lacrima o di vento... E poi la vita... la vita era così, era una ruota, non bisognava perdersi d'animo, guardare avanti, il tempo guariva ogni ferita. L'ultimo fu il prevosto con a fianco un chierichetto poco vestito e un moccio che il giovanetto aveva tentato di catturare con la lingua. Il sacerdote offrì al Cletto il suo appoggio spirituale se mai ne avesse dovuto sentire il bisogno.

«Le porte della chiesa e della canonica sono sempre

aperte per chi è in cerca di risposte che non riesce a trovare dentro sé» disse.

Il Siromalli ringraziò, desiderando unicamente di essere lasciato solo. Gli agognati orizzonti, di contro al limpido panorama, restavano ancora nebulosi, ma aveva la certezza che sarebbero rimasti tali se avesse seguito i pacati consigli di un prete. Non ne sentiva il bisogno, poteva senza sforzo immaginare cosa gli avrebbe detto, vedeva addirittura la strada che gli avrebbe indicato di seguire: una via anonima e polverosa, un calendario senza date, una marcia funebre in sostanza, che l'avrebbe accompagnato in quello stesso luogo dopo una vita senza infamia e senza lode. Fintamente assorto rimase lì a guardare il seppellitore che gettava palate di terra nella fossa. Quando terminò il lavoro: «Io vado» disse quello.

«Anch'io» rispose il Cletto come risvegliandosi.

3

A una settimana di distanza dal funerale, il cartello CHIUSO PER LUTTO campeggiava ancora sulla porta della bottega e il giovane Siromalli si macerava nel dubbio su come fare a dissipare la nebbia che gli oscurava il futuro. Ritenendo che per palesarsi una rivelazione siffatta avesse necessità della più assoluta tranquillità, fumava disteso sul letto benché fosse ormai metà mattina, rifinendo una ben nota abilità nel formare cerchi. Quando sentì bussare alla porta di casa e poi chiamare. La voce non gli era estranea ma lì per lì non riuscì a tradurla in un volto, un nome e un cognome. Dovette, per risolvere una peraltro tiepida curiosità, levarsi dal letto e andare ad aprire la porta, trovandosi infine faccia a faccia con Antenato Somìa, bergamasco di Almenno San Salvatore, grossista di frutta e verdura che forniva parecchi negozi della sponda orientale del lago e tra questi anche quello del povero Erasmo, ora, stante il decesso, passato di mano.

Il Somìa considerava il defunto uno dei clienti più seri e corretti che avesse mai avuto: l'aveva sempre pagato sull'unghia, senza mai fare storie, ma le volte, non molte in verità, che gli era capitato di avere a che fare col figlio non ne aveva avuta una buona impressione. Un giudizio al quale aveva contribuito più di un sospiro del povero Erasmo quando, mattina o sera che fosse, lui aveva chiesto come mai non ci fosse il figlio a caricarsi in spalla sacchi e cassette. Un certo fiuto nell'individuare schienedritte e prevedere rogne l'aveva messo in allerta, per quello s'era permesso di fare visita al Siromalli junior e sentire che intenzioni avesse circa il futuro. Immaginando quale fosse il motivo della sua presenza lì, alla porta di casa, il Cletto finse di non riconoscerlo.

«Desiderate?» dando al tono della voce un'inclinazione di noia.

Pessima mossa che mal dispose subito il bergamasco. Il Somìa tuttavia divisò di ingoiare il rospo e chiarire il motivo della sua presenza.

«Forse non ricordate chi sono» disse non senza una punta di ironia.

Ma dopo aver appreso proprio quella mattina, non più tardi di un paio d'ore prima, dal fruttivendolo mandellese Arborico della dipartita di suo padre, si era sentito in dovere di passare a fare le sue condoglianze, benché tardive. E visto che era lì, scusandosi se la cosa poteva passare per importuna, per sapere se anche lui, quale erede dell'attività, era intenzionato a mantenere gli accordi che per anni avevano regolato il rapporto tra lui e il suo povero genitore.

Ribadire quella sorta di contratto? Incatenarsi alla botteguccia e ai suoi clientucoli di poca spesa?

«Ma, vi dirò, così, sui due piedi...» uscì dalla bocca di Cletto Siromalli.

Non solo sui due piedi, rifletté il Somìa. Ma anche sulla porta di casa dove l'aveva tenuto, senza il minimo accenno a farlo accomodare, trattandolo come se fosse un questuante.

«Sui due piedi, cosa?» indagò il Somìa leggermente alterato.

O be'!, fu il pensiero del Siromalli. Cos'era quel tono? Era forse tenuto a rendere conto a quell'essere dei suoi progetti? E magari ne avesse avuto almeno uno! In quel caso glielo avrebbe sbattuto in faccia e poi forse, subito dopo anche la porta di casa!

«Vedrò di farvi sapere» rispose allora.

Non ci voleva altro per far sì che il bellimbusto che aveva sotto gli occhi, e del quale aveva già una scadente opinione, finisse definitivamente nella sua lista nera.

«Non disturbatevi» rispose.

Il Siromalli non comprese subito che quello l'aveva cancellato seduta stante dal catalogo dei suoi clienti. Lo realizzò poco dopo quando il bergamasco lo salutò augurandogli le migliori fortune e andandosene con la certezza che nel giro di poco tempo l'attività del genitore avrebbe fatto la stessa fine del povero Erasmo. Il giovanotto reagì con calma olimpica. Nemmeno rispose al saluto, chiuse la porta, si accese un'altra sigaretta e tornò a sdraiarsi sul letto, riprendendo a meditare sul suo futuro. La nebbia restava fitta per il momento e nell'attesa che si diradasse bisognava pur fare qualcosa per campare. Non che lo benedicesse, ma in quel momento il negozietto del genitore era quello che ci voleva: quattro soldi il povero Erasmo li aveva messi da parte, un capitale da tenere caro che sarebbe diventato ancora più importante quando fosse riuscito a vendere l'attività. E per venderla bene non si poteva trascurarla. Era un sacrificio ma bisognava guardarlo in vista di ben altre mete. Il tempo, ne era sicuro, gli avrebbe dato ragione. Certo il Somìa l'aveva mandato sul fico. E va bene, non era l'unico grossista di frutta e verdura sulla faccia della terra. Tutt'altro. Ne aveva invece sottomano uno che avrebbe potuto, magari non così degnamente, ma comunque sostituirlo. Fu verso metà pomeriggio che si decise a uscire per togliere il cartello dalla porta del negozio immaginando che prima o poi, più prima che poi, ne avrebbe esposto uno con la scritta VENDESI ATTIVITÀ. Dentro quel buco che odorava di frutta troppo matura non ci sarebbe crepato come il padre. E il primo passo da fare era quello di andare a trovare il tizio che gli avrebbe permesso di vivacchiare ancora per un po' fornendogli quel minimo di merce che gli avrebbe consentito di tenere aperto il negozio. L'indomani stesso, si ripromise, senza perdere tempo. Un pensiero che il giovanotto immaginò come il primo, vero passo in direzione della sua nuova vita.

4

Il contatto del Siromalli si chiamava Fricariello, teneva un banco di frutta e verdura al mercato di Lecco dove lo affiancava la moglie Censoria, una sguaiatona che pareva la copia vivente della regina di coppe delle carte napoletane. Il Fricariello batteva occasionalmente i mercati del lago, Bellano sopra tutti stante il vivace commercio che animava il luogo. Più volte s'era rivolto al vecchio Erasmo proponendosi quale fornitore visto che, a suo dire, aveva le mani in pasta e poteva fornire merci con prezzi concorrenziali. L'Erasmo però aveva sempre rifiutato, considerando quelle stesse merci, oltre che di oscura provenienza, di qualità altrettanto dubbia. Né s'era tenuto dall'esternare sospetti sull'onestà del commerciante. Il Fricariello però non s'era lasciato smontare, gli importava assai dei giudizi altrui!

«Nel caso cambiaste idea, mi potete trovare a Lecco.»

Era uno dei primi giorni di aprile quando Cletto Siromalli, dopo aver passato una stracca mattinata in negozio valutando che era ormai giunta l'ora di rivivificarlo con la presenza di qualche fresco innesto vegetale, decise di partire alla volta di Lecco alla ricerca di quello. Certo non doveva dare l'impressione di essere lì per piatire un aiuto purchessia, anche lui aveva annusato nel lecchese un istinto pronto ad approfittare di sciocchi e ingenui. Piuttosto doveva agire in modo tale da dare l'impressione che fosse lui a fare un favore al trasandato, e pure maleolente, verduraio. Lo specchio con il quale si confrontò poco prima di uscire da casa gli confermò peraltro che avrebbe avuto gioco facile nello schiacciare Fricariello e signora... sì, va be', signora... con il suo aspetto. Non era la prima volta che ci si guardava, ammirandosi. La sua armoniosa complessione faceva festa nel viso dai tratti quasi femminei, ereditato dalla madre persa quando aveva dieci anni. Un viso che non lasciava indifferenti. Certe occhiate più o meno pudibonde scoccate non solo da signorinelle che lo invitavano al corteggiamento non gli erano sfuggite. I baffetti, che nel frattempo erano cresciuti, e un po' di brillantina poi ne completarono la figura, facendolo sentire un vero gagà, pronto a partire e a ritornare vincitore. Mentre si rimirava e faceva smorfie si sentì ancora più estraneo alla botteguccia e a una vita che offriva più stenti che gioie mentre, dal plesso solare, saliva un'emozione che sembrava volergli dire che la scoperta del futuro cui ambiva non era affatto lontana. Certo il Siromalli non immaginava che il primo passo verso di essa fosse così prossimo, quasi, si potrebbe dire, dietro l'angolo. La trattativa col Fricariello fu quanto di più semplice si potesse immaginare. Il Cletto lo aggiornò sulla morte del genitore, che lasciò indifferenti sia il malmesso erbivendolo sia la disarmante signora. Poi lo informò che avrebbe avuto bisogno di oculate, misurate insomma, forniture di verdure per un tempo non più superiore, calcolò seduta stante, ad alcune settimane visto che era sua intenzione di alienare quanto prima, lucrandoci per quanto possibile, l'attività paterna. Era quindi necessario che tal commercio mostrasse di essere ancora vivace e perciò doveva rianimare la bottega e ottenere il massimo risultato con il minimo sforzo. Al Fricariello fregava assai poco di ciò che il giovanotto avrebbe fatto in futuro, non chiese. Un'unghia luttuosa infilata nell'orecchio, propose al Cletto di passargli ciò che avanzava dal mercato del giovedì, facendogli un prezzo forfettario, sorridendo poi col dire che così facendo se ne poteva tornare a casa bello leggero.

«È un affare, credetemi» affermò il Fricariello mentre la rubiconda signora ne accompagnava l'affermazione con ampi cenni del capo. Un affare che con nessun altro sulla piazza avrebbe potuto combinare!

Se il Siromalli ci credette o meno, difficile dire. In verità gli importava assai poco. Ciò che contava era sacrificarsi ancora un po', tenere a galla la bottega, dimostrare che l'attività non aveva patito la morte del genitore e infine arrivare a venderla al meglio possibile. Così accettò, forzandosi per stringere la mano invero sozza del Fricariello per sancire l'accordo e subito dopo nascondendola in una tasca del pantalone, atto che gli evitò di stringere quella della regina di coppe dopo che quella l'aveva usata per asciugarsi uno scolo del naso. La trattativa, volendo essere generosi nel definirla tale, non durò che poco più di un quarto d'ora, ed era solo il primo pomeriggio. Tra l'altro un pomeriggio che aveva colori d'acquarello, rumori in miniatura, messaggi aerei di sovrano benessere: un insieme di combinazioni che aveva un che di quasi mistico tant'è che al Siromalli parve quasi di lievitare. Pur lontano dal sentire in modo così raffinato ciò che lo circondava, il giovanotto ebbe comunque la percezione che la sua figura elegante, la sua bellezza anche, davano un tocco in più a ciò che lo contornava. E appunto perché era solo il primo pomeriggio decise che, anziché ritornare in stazione e saltare sul primo treno che l'avrebbe riportato in paese, avendo l'agio, la libertà di girare per la città godendosela, e facendosi godere, doveva approfittarne. Il genitore credeva nel destino, affermava che non c'era modo di evitarlo: semmai agli uomini era concesso di scegliere la maniera per affrontarlo. Non gli si offriva adesso la possibilità di scegliere come occupare le ore che gli stavano davanti, come arrivare a sera prima del ritorno a casa?

Cletto Siromalli decise per inoltrarsi nel centro della città dove lo aspettavano negozi, caffè e sale cinematografiche.

5

Il povero Erasmo più volte s'era lasciato sfuggire qualcosa col signor prevosto in relazione al figlio. Vedovo quando il ragazzo aveva dieci anni, aveva pensato di essere in grado di allevarlo contando sulle sue sole forze. Così facendo l'aveva viziato un po'. L'intenzione era innocente, fargli sentire il meno possibile la mancanza di una madre. Ma, aveva cominciato a chiedersi, aveva fatto male, avrebbe forse dovuto prendersi in casa un'altra donna? Era stato il suo un atto di puro egoismo volersi mantenere fedele alla moglie anche dopo la sua morte? E poi, una volta morto lui, che ne sarebbe stato di quel figlio un po' svogliato, renitente alle fatiche, abbacinato da sogni fumosi? Si era confessato così, l'Erasmo, più volte e mai in confessionale. Piuttosto in ore crepuscolari, quando si concedeva due passi una volta chiusa la bottega e tornava a casa passando per la piazza della chiesa. Allora, se incrociava il sacerdote di ritorno da qualche tardiva missione oppure lo vedeva intento a pulire da foglie obsolete le ortensie che abbellivano il giardino della canonica, esternava i suoi tormenti cui il prevosto rispondeva con pacate parole atte a lenirne le ansie. Circa la fedeltà alla moglie defunta era sempre stato categorico.

«Se quello è stato il vostro sentimento, avete fatto bene, benissimo anzi, a seguirlo!»

Senza contare che portarsi in casa un'altra donna al solo scopo di occupare un vuoto avrebbe potuto procurare danni peggiori di non averne nessuna. A fronte della prospettiva di andarsene poi, lasciando il Cletto solo, il prevosto, oltre ad augurare all'Erasmo altri cent'anni di vita, opinava che giunto quel momento, ahinoi, inderogabile!, il giovanotto si sarebbe visto costretto a rimboccarsi le maniche.

«E allora vedrete... sì, insomma, ecco... sono certo, dicevo, che i vostri insegnamenti, l'esempio che avete dato si presenteranno in tutta la loro importanza, quale guida per la sua vita.»

Belle parole di un buon pastore. Che però, a distanza di giorni dal funerale del povero Erasmo, lo stesso pastore aveva cominciato a mettere in dubbio. Chiacchiere circa l'ignavia del giovane Siromalli, veicolate in ispecie da certe lingue che nemmeno il rosario pomeridiano riusciva a stancare, gli erano giunte come una specie di invito a metterci becco, lui che aveva alate parole e sapeva incantare anche le bisce. Erano soffiate, insistite e intrise di rancore, che la perpetua trasferiva al sacerdote dopo averle apprese per bocca di Acerba Salsamenti che ai tempi era stata la più assidua corteggiatrice del Siromalli fresco vedovo. Venditrice porta a porta di piccoli articoli di merceria, la donna batteva di preferenza i paesi dell'alto lago, le frazioni e spesso le capitava di non fare ritorno a casa la sera, dove peraltro nessuno l'aspettava. Ed era su quel battere che a un certo punto erano nate chiacchiere, su quel trascorrere le notti fuori casa, al bisogno giustificate con l'aver perduto l'ultimo treno del ritorno. Purtroppo per lei proprio il Somìa, di ritorno da uno dei suoi giri, aveva rischiato di fare esperienza di come l'Acerba intendeva arrotondare i suoi guadagni e a tempo debito ne aveva data testimonianza al Siromalli. Il quale, pur alieno ai pettegolezzi non aveva potuto fare a meno di udirli. E in un memorabile pomeriggio, quando l'Acerba già da tempo l'aveva messo nel mirino e ne assediava la bottega pensando a un futuro domestico con quel vedovo, lui l'aveva pagata da par suo, proibendole con parole di fuoco che avevano fatto epoca l'ingresso nel negozio e guadagnandosi un odio imperituro.

Così, anche perché si sentiva responsabile nei confronti del defunto, onde accertarsi di quanta verità ci fosse in quelle chiacchiere, il sacerdote un giorno decise che fosse l'ora di scendere in campo, rendersi conto personalmente. Uscì dalla canonica durante la controra, l'aria appena mossa da una delle prime breve di stagione, un tepore che momentaneamente gli scacciò dall'animo immagini e parole di miserie con le quali aveva a che fare pressoché ogni giorno, senza contare che proprio verso una di queste si stava probabilmente dirigendo. Agì con cautela per non svegliare la perpetua, addormentata al tavolo di cucina, le braccia a fare da cuscino al capo, poiché altrimenti avrebbe dovuto raccontare una bugia, ancorché veniale. Si avviò quasi gustando il saporito antipasto di stagione che era nell'aria, godendo il raro silenzio dell'ora, una cadenza di passi come se non avesse una meta precisa.

Il Siromalli abitava in una viuzza priva di nome, stretta, percorsa la quale si arrivava direttamente al fiume. Ospitava un paio di altre piccole abitazioni oltre alla minuscola sala prove del corpo musicale. Il momento era propizio per trovare il giovanotto lì, in casa, avendo escluso un incontro in bottega che avrebbe sollevato ulteriori chiacchiere. Comparso il Cletto sulla porta di casa, il prevosto ebbe l'impressione che questi fosse appena uscito dal sonno, o forse da un sogno, cosa quest'ultima non molto lontana dalla verità. Fosse l'una o l'altra delle due cose, il sacerdote prese subito in mano il pallino senza dare al Cletto la possibilità di esprimere più che scontate parole di sorpresa per vederlo alla sua porta. Entrò invece e dichiarò subito che la sua visita non aveva altro scopo se non vedere come gli andasse la vita adesso che era rimasto solo: un atto dovuto per l'amicizia che l'aveva sempre legato al suo povero padre.

«Dal funerale del povero Erasmo non ti ho più visto in chiesa» chiosò, sorvolando sul fatto che il Cletto non era mai stato un assiduo frequentatore, tutt'altro semmai. Nel frattempo, entrato e accomodatosi, rifiutata la stentata offerta di un caffè o di un rosolio, aveva esplorato con lo sguardo l'angusta cucina, reperendo segni di trascuratezza: alcuni piatti accumulati nell'acquaio, polvere sul tavolo, una macchia di chissà che sul pavimento, odore di chiuso nell'aria; uno squallore che al sacerdote parve pronto a diventare il vero padrone di casa, approfittando forse dell'inesperienza, della giovane età del Cletto fino a poco tempo prima gestito, e forse troppo, dalla condiscendenza del genitore. E adesso comprensibilmente disorientato. Guidato da tale convinzione il prevosto aprì le danze.

«Immagino non sia facile» esordì accompagnando la frase con un gesto vago.

«Me la cavo» rispose il Cletto non sapendo cos'altro dire e augurandosi che il sacerdote non la tirasse troppo per le lunghe.

«Certo, lo vedo» commentò invece quello e dando uno sguardo d'intorno.

«Ma...» sospese subito dopo, com'era abituato a fare durante le omelie quando si avvicinava a un passaggio fatale, affinché le orecchie dei suoi parrocchiani si aprissero bene e ritenessero il verbo.

«Ma?» fece il giovanotto.

«Ecco, hai pensato al tuo futuro?» calò il prevosto.

Pur non avendone una chiara visione, il Siromalli continuava a pensarci. E pazienza se ancora non aveva trovato le parole giuste per definirlo, a se stesso prima ancora che ad altri: per il momento il suo futuro era lì, a tenere in piedi la baracca del genitore fino a che l'altro, ancora incognito, non si fosse palesato. Non era però cosa che doveva interessare al prete. Ragione per la quale rispose con un anonimo gesto del capo cui corrispose una discesa del ciuffo sulla fronte, prontamente rimesso in sede. La risposta puramente mimica rinforzò nel sacerdote la convinzione che al giovanotto qualche buon consiglio non avrebbe potuto fare male. Pur nella disgrazia di aver perduto la madre all'età di dieci anni, disse, aveva avuto la fortuna di contare su un genitore che si era sdoppiato per fargli sentire il calore della famiglia.

«O no?»

«Sì» ammise il Cletto un po' in allerta poiché gli sfuggiva dove il prevosto volesse andare a parare.

«Una famiglia» ribadì il sacerdote, tracciando nella polvere del tavolo un cerchio, se fosse simbolo o puro caso nemmeno lui avrebbe saputo dire.

La famiglia!

La miglior garanzia di pace, serenità, stabilità, cui ogni buon cristiano aspirava. E nel paese non mancavano giovani di onesti costumi e spiccata moralità che davano affidamento, c'era solo l'imbarazzo della scelta.

La smorfia che comparve sul viso del Cletto fu segnale d'allarme per il prevosto. Forse era stato troppo precipitoso, ragionò, ma non poteva passare l'intero pomeriggio in quella specie di tugurio.

Blandire, blandire! si disse.

«Certo non è scelta da compiersi dalla mattina alla sera» osservò.

Il tempo l'aveva, l'età era dalla sua parte. Ma sarebbe stato pericoloso illudersi che potesse approfittarne oltre misura. A quel punto il Cletto, chiaritosi lo scopo della missione del prevosto, decise di darci un taglio.

«Ci penserò» disse tentando di frenare una certa insofferenza che l'aveva fatto arrossire. Il prevosto equivocò su quel rossore, giudicandolo sintomo di imbarazzo. Magari il giovanotto aveva già qualcuna nel mirino e lui, pur non volendo, aveva scoperto un altarino. Virò su un tono leggero, tanto per sdrammatizzare.

«In fin dei conti una donna in casa è indispensabile, per tutti!» sorrise.

Anche lui s'era dotato di una perpetua, o no?

«Certo» ammise di malavoglia il Cletto ma subito rilassandosi col notare che il sacerdote si stava alzando, chiaro segno che la visita era conclusa. Con un'appendice grazie alla quale il prevosto raccomandò di ricordare che la porta della canonica era sempre aperta, non si doveva fare scrupoli, per qualunque necessità. Perché la vita, predicò quando ormai era sulla soglia di casa, era cosa seria nonostante ciò che raccontavano certe riviste, certi libri o, peggio ancora, certi film.

«Come no» mormorò tra sé Cletto Siromalli subito dopo aver chiuso la porta di casa e con un ineffabile sorriso in volto, il ghignetto di chi della vita conosce già tanto, e pazienza per coloro che, come il prevosto, ignorano e ignoreranno sempre. Perché, se fosse subito tornato a casa dopo aver contrattato col Fricariello anziché inoltrarsi in Lecco e passeggiare beato, scrutando negozi e caffè, carezzando sogni e pensieri...

6

Nelle vetrine, inoltratosi in città, s'era scrutato, ammirandosi. Aveva pure colto qualche sguardo incrociando passanti, occhiate che gli era sembrato volessero fotografarlo. Il pensiero di essere sprecato dentro la vita che lo aspettava su, a casa, l'aveva seguito passo passo nonostante il tentativo di seminarlo, almeno per quelle poche ore. Non c'era stato niente da fare, aveva inquinato la beatitudine della passeggiata fino a quando era passato nei pressi del cinema Orfeo e s'era fermato a guardare i manifesti che annunciavano la proiezione del film *Sei tu l'amore?*

Nella sua tarlatissima mente s'era ripetuto la domanda.

Sei tu l'amore?

Manco l'avessero chiesto a lui!

«Chissà» aveva mormorato sorridendo, intrigato dall'interrogativo e curioso della risposta. Per ottenere la quale non aveva dovuto fare altro che entrare e sedersi in platea. Almeno, così facendo, avrebbe lasciato in sospeso i soliti pensieri. E se cercava una risposta l'aveva avuta, inattesa e clamorosa. Era successo quando aveva visto Alberto Rabagliati, il protagonista maschile della pellicola.

Praticamente… sì, praticamente il suo gemello che lo guardava dallo schermo chiedendogli cosa ci facesse ancora lì tra i tanti anonimi seduti in platea e destinati a restare tali vita natural durante. Il messaggio gli era parso chiaro, bisognava agire anziché aspettare che piovesse per farsi passare la sete.

Un fulmine, una scossa, un brivido che non gli aveva più permesso di seguire le vicende del film perché fin troppo evidenti gli erano apparse le trappole, gli inganni in cui tanti, compreso suo padre, erano caduti senza nemmeno avvedersene, trascurando certi avvisi. Campare le giornate nella speranza che qualcosa cambiasse mentre i giorni, i mesi, gli anni rotolavano via uno dopo l'altro come le manciate di terra che aveva visto gettare sulla bara del genitore. Chissà quanti avevano ricevuto lo stesso messaggio e non ne avevano tenuto conto. Peggio per loro, aveva concluso il Siromalli, mentre la pellicola volgeva al termine. Lui da quel momento l'avrebbe invece tenuto ben presente e non avrebbe permesso al tempo di passargli sopra schiacciandolo in vita e poi sotto due metri di terra. Una volta fuori dalla sala cinematografica aveva ripreso a passeggiare, ruminando pensieri, raggiungendo il lungolago e fumando con gesti da nullafacente. Si sentiva determinato all'azione, quale che fosse, pur di dare sostanza ai suoi sogni, era ora, basta perdere tempo. Era stata una passeggiata fatale perché proprio nel corso di quel tardo pomeriggio aveva conosciuto Gioietta Vendoli.

7

La Vendoli era uscita da casa sbattendo la porta dopo l'ennesimo litigio in famiglia, incurante dei richiami dei genitori, la madre Castica soprattutto, lavandaia e stiratrice dalla voce berciante, che le ordinavano di tornare indietro. Riteneva che fosse già abbastanza degradante lavorare come operaia in un opificio e mollare la quindicina intonsa nelle mani della famelica genitrice: quindi aveva pieno diritto nel tempo libero di cullare a sua volta sogni di ben altra vita che alimentava con estenuanti letture di riviste quali «Cinema illustrato», «Cine mio» e «Stelle», sottraendo i soldi necessari all'acquisto dai ricoveri dove la Castica li nascondeva: cassetti, vasi, calzini, oltre che in una statuetta lignea scomponibile che rappresentava santa Apollonia, venerata quale protettrice contro il mal di denti. Le leggeva e rileggeva fino a quando giungeva a conoscere a memoria quasi ogni singola riga dei servizi. Le toccava nasconderle però onde sottrarle alle mani della madre che, conoscendole quel vezzo, giudicato fuorviante, diseducativo, buono solo a trasformare definitivamente la figlia in un'oca giuliva, quando ne sospettava la presenza in casa dava corso a ricerche a tappeto fino a che le scovava. Perché la Gioietta era bella ma era anche un po' scema, vanitosa, scrollava le spalle alle raccomandazioni, rispondeva «Uff, uff!» e la madre aveva da tempo colto quella pericolosa combinazione. L'aveva più volte avvisata dei tranelli della vita. La sua risposta?

«Uff, uff!»

Sua madre non era altro che una bacchettona pedante e noiosa con una prospettiva di vita che non era mai andata oltre lavatoi e fornelli.

Quella mattina la Castica aveva reperito l'ennesima rivista, maldestramente occultata sotto il materasso. L'aveva brancicata con rabbia e poi sbattuta sotto gli occhi della figlia quando questa era rientrata dal lavoro. Da qui il litigio cui s'era unito, ma stando in retroguardia, il padre Savinio, muratore cottimista. L'unico a mantenere un atteggiamento di neutralità era stato uno zio della Gioietta, lo zio Giusto, fratello della madre, invalido per un colpo apoplettico che l'aveva colpito in giovanissima età, presenza fissa in casa Vendoli. Ma silenzioso quando si dibattevano questioni economiche o, come quella sera, etiche in un certo senso, forse perché temeva che la sua condizione di ospite fosse appesa a un filo, tollerata insomma, e che un niente, anche solo un parere discorde dal pensiero dominante potesse decidere per la sua cacciata in qualche casa di riposo.

Dalla casa in Castello di Lecco dove era nata e cresciuta, la Gioietta era uscita strepitando: «Aria, aria!» con l'intenzione di raggiungere il lungolago, passeggiare, respirare, ritrovare la calma e magari incrociare una compagna di lavoro alla quale raccontare le sue ambasce.

Ma vuoi per il fatto che era giorno feriale, vuoi perché il cielo inclinava a una nuvolosità che forse avrebbe portato pioggia, ad accoglierla aveva trovato l'immobilità dei platani, l'indifferenza del lago piatto e un olezzo di fognina che pareva stagnare apposta per contrastare i suoi pensieri dove invece aleggiavano i profumi francesi delle dive di cui conosceva vita, morte e miracoli.

Con un po' di magone s'era chiesta: che fare?

Ritornare a casa con la certezza di trovare il fronte dei genitori pronti a ridare battaglia? Rientrare in quell'ambiente dominato da un invincibile odore di minestra che aveva impregnato anche i muri?

Nemmeno per idea!

Era uscita perché aveva bisogno di aria pura. E visto che stante l'olezzo lì dov'era non la si poteva definire tale, s'era avviata alla volta del giardino dove sorgeva il monumento ai caduti della Grande Guerra, prossimo alla sede della Canottieri, ritrovo della bella gente che certo non si rovinava le mani con gli acidi delle tinture. Anche il giardino era privo di vita. Tuttavia il crepuscolo incombente che sembrava aver trascinato il lago a esalare il suo ineffabile profumo, una Venere testé apparsa in cielo e apparentemente raggiata... e poi le luci di finestre e lampioni della sponda opposta, segnali di vita, di armonia, comodità... Tutto quell'insieme era stato una calamita che le aveva rubato lo sguardo, diffondendole nell'animo una discreta pace.

A tanto incanto invece non partecipava un vecchiaccio che era uscito da casa con il proposito di scatarrare in libertà. Lo schiocco degli scaracchi che sparava con regolarità e soddisfazione, mentre dalla località Caleotto scendeva verso il lungolago, risuonava come una nota secca e aveva inquietato più di un merlo intento a salutare il sopraggiungere della sera. Forse, mentre con passi incerti il bronchitico si avvicinava alla meta, quei suoi versacci erano giunti anche ai timpani della Vendoli. Ma si può ammettere che, immersa com'era nella contemplazione del momento, non li registrò. Sta di fatto che il catarroso, risvegliatosi un istinto grazie al quale s'era guadagnato ematomi e un ammonimento da parte della tenenza lecchese seguito a un paio di segnalazioni, s'era cautamente avvicinato alla giovane e poi con mossa fulminea aveva appiccicato una mano alla sua natica destra. La Gioietta s'era svegliata d'un subito dall'incanto e, va detto, non del tutto impreparata a certi assalti. Di toccamenti siffatti aveva esperienza avendoli subiti sul luogo di lavoro, una palestra grazie alla quale aveva imparato come reagire: lamenti e proteste erano inutili, meglio passare subito alle vie di fatto.

Così era stato.

Aveva sollevato il braccio destro e con una rapida giravolta l'aveva abbattuto sul cranio del porco colpendolo sull'orecchio e provocandogli una vertigine. Per reazione costui aveva brandito un bastone che stringeva nella sinistra, e del quale la Gioietta aveva preso nota in quell'istante, con l'intenzione di colpire, accecato dal dolore. Alla Vendoli non era rimasto altro da fare se non dare una spinta al vecchiaccio facendolo ruzzolare e poi darsi alla fuga, inseguita da volgarità frammiste a scoppi di catarro.

Era il momento in cui Cletto Siromalli, l'ennesima sigaretta all'angolo della bocca, le mani in tasca, le spalle strette come se stesse coccolando la dolcezza di un pensiero, stava ancora passeggiando con lentezza sul lungolago. La Gioietta invece stava correndo in direzione contraria a quella di lui, di tanto in tanto girandosi per controllare di non essere seguita, tant'è che per una virgola non si verificò uno scontro frontale. Alla vista del giovanotto la Gioietta per un istante aveva pensato di essere caduta dalla padella alla brace. Il Siromalli invece aveva dedotto, dal suo aspetto scarmigliato e dall'affanno, che la giovane stava fuggendo da qualcosa che l'aveva spaventata. L'aveva bloccata con un gesto insieme deciso e delicato, due mani appena poggiate sulle spalle.

«Posso esservi d'aiuto?» aveva chiesto poi.

La Vendoli ancora ansimava, non era riuscita a rispondere, si sentiva spaesata.

«Venite» aveva allora ripreso lui, «forse vi serve bere qualcosa.»

Due passi appena, lì, in piazza del mercato, c'era il Caffè de' Bravi.

Solo allora, ripreso il dominio del respiro, Gioietta Vendoli aveva notato gli occhi del giovanotto, i suoi baffetti, il ciuffo che nella concitazione del momento era caduto sulla fronte. Non aveva nemmeno risposto, s'era avviata, due dita di lui appoggiate sul suo avambraccio.

8

Rimasto solo dopo la partenza del prevosto il Siromalli considerò quanto fosse pericoloso non coltivare sogni diversi, altri in una parola, per contrastare quelli, tanti o pochi fossero, che un luogo, qualunque luogo, concedeva di avere. Anche il prete, diavolo!, benché sacerdote appunto, uomo di studi quindi, era limitato nella visione del mondo. A parte il predicozzo su famiglia, armonia, stabilità, sul buon cristiano eccetera... Ma, diavolo un'altra volta!, anche lui non concepiva altro che quel luogo, quel paese, come se non esistesse nient'altro al mondo? E che lui, Siromalli Cletto, lì, e non altrove, avrebbe dovuto trovare la donna che gli avrebbe dato armonia, stabilità eccetera permettendogli così di realizzarsi in pieno come gli aveva suggerito quell'attore? Forse il prevosto non immaginava che conosceva alcune di quelle giovani dalla specchiata moralità pronte per essere angeli del focolare, avviate secondo lui a una vita di casa e chiesa, figli e preghiere. Invece poteva farne un catalogo, ce n'era per tutti i gusti! La pudibonda Evelina Saccagni che entrava in bottega sempre sottobraccio alla madre e davanti alle zucchine socchiudeva gli occhi. Vernicola Amerati che, suo padre ancora in vita, piombava in bottega sempre quand'era ora di chiudere, fingendo di passare da lì per caso, giusto per un saluto. Per non dire di quella che chiamavano Bustina: era il caso di chiarirne il motivo? Però non perdeva una messa, una processione, un rosario. Era lì tra quelle che doveva scegliere? No, perché non era fesso. Quello era lo stesso abbaglio che aveva preso il suo povero padre, nonostante i libri di storia che dovevano insegnare chissà cosa ma che, alla prova dei fatti, l'avevano portato a consumare una vita, monotona anziché no, sempre nello stesso luogo, convinto inoltre che anche lui sarebbe dovuto sottostare ad analogo destino. Una specie di regola che s'era infine infranta, prendendo corpo, semplicemente facendo due passi sul lungolago lecchese, offrendo aiuto da gentiluomo qual era a una giovane turbata e fulminandola con le sue buone maniere e con il suo bell'aspetto. Tant'è che proprio quella sera aveva appuntamento. E se da cosa nasce cosa...

«Va be'» disse tra sé, e sospirando poiché adesso lo aspettava uno stitico pomeriggio in bottega a cercare di smaltire gli incerti ortaggi della prima fornitura Fricariello. Un tunnel, al fondo del quale però lo aspettava una luce che si chiamava Gioietta, e di cognome faceva... faceva...

Glielo aveva detto?

Probabilmente sì.

L'aveva dimenticato?

Poco importava, glielo avrebbe chiesto di lì a poche ore.

9

Per Gioietta Vendoli l'essersi imbattuta in quel giovanotto era stata una fortuna. Fosse immediatamente tornata a casa infatti avrebbe dovuto rendere conto del turbamento difficile da occultare e di conseguenza subire i latrati della Castica sull'andarsene in giro da sola. Oltre agli altri naturalmente, inevitabile corollario, sul riempirsi la testa con le favolette del bel mondo che nulla aveva a che fare con il loro.

Un liquorino invece, comodamente seduta al Caffè de' Bravi, le aveva lenito lo spavento e fornito una lieve ebbrezza grazie alla quale aveva notato come il Siromalli somigliasse vagamente a uno dei tanti attori di cui leggeva sulle sue riviste: i baffetti le avevano ricordato Clark Gable, il naso Gary Cooper ma lo sguardo, lo sguardo!, era tale e quale a quello di Rod La Rocque ne *La moglie bella*, commedia che aveva visto almeno tre volte nella speranza che la trama miracolosamente cambiasse e la nipote protagonista del film nella quale lei s'era proiettata fuggisse con l'affascinante Rod anziché farlo ritornare tra le braccia della moglie.

Il cordialino le aveva sciolto anche un po' la lingua.

Quel tanto, ad esempio, per non restarsene muta come una statuina e chiedere cosa ci facesse in giro per la città.

«Affari» aveva risposto il Cletto prendendo una sigaretta e offrendo il pacchetto alla giovane che con un sorriso davvero delizioso aveva rifiutato. Piuttosto, visto che aveva rotto il ghiaccio, aveva insistito sull'argomento e: «Che genere di affari?».

Il Siromalli aveva avuto solo un attimo di esitazione, giusto il tempo di soffiare un po' di fumo. La grazia della giovane il cui sguardo splendeva anche in virtù del cordialino, l'eleganza dell'ambiente in cui si trovava, il sofisticato arredamento belle époque del Caffè de' Bravi, le note soffuse di un pianoforte di cui non vedeva l'ubicazione... Tutto l'insieme era stato un invito a osare, lanciare una sfida all'attimo fuggente.

«Frutta e verdura» aveva risposto. «Commercio all'ingrosso in poche parole.»

La Gioietta s'era sentita colpire e affondare. Secondo logica adesso il giovanotto le avrebbe chiesto del suo lavoro e lei avrebbe dovuto confessare di essere una semplice, povera, misera operaia. La fortuna però l'aveva assistita. Infatti, mentre lei aspettava la domanda fatale, il Siromalli s'era messo a considerare l'entità e le conseguenze della balla appena sparata. Calcoli che richiedevano tempo e calma, un tempo e una calma che adesso gli servivano per attrarre la giovane, poiché già stava pensando a come fare per agganciarla, chiederle di rivedersi. Ragione per cui aveva immediatamente deviato il discorso ed era tornato a indagare su ciò che l'aveva così spaventata. Gioietta, se poco prima aveva preferito non parlarne, adesso invece aveva raccontato ogni cosa per filo e per segno, felice al pari del suo interlocutore di abbandonare un terreno infido. Quando infine lei aveva sospirato, affermando che s'era fatta l'ora di tornare a casa, il Cletto si era offerto di accompagnarla. Doveva guadagnare tempo, avvicinarsi con misura a chiedere ciò che gli prudeva sulla lingua, un appuntamento, la possibilità di rivedersi di lì a qualche sera.

«Non sono proprio due passi» l'aveva avvisato lei.

«Che ci vuole» aveva risposto lui.

Al che alla Gioietta era sorta una curiosità.

«Siete forse in macchina?»

«Purtroppo no» aveva risposto lui.

Dopodiché, balla più, balla meno…

Un banale incidente l'aveva messa fuori uso e forse messo lui nella condizione di riflettere se cambiarla. Bisognava portare pazienza, quanta ce ne voleva nel mondo del commercio!

«Mi tocca usare il treno fino che non la riavrò!»

«E allora avviamoci» l'aveva invitato lei con gli occhi che brillavano. La fantasia di quel bel giovane, e con lei accanto, alla guida di un'automobile la esaltava, come se fosse protagonista di una pellicola cinematografica. E ancora di più pensando al giro delle sue conoscenze. Chi mai ne possedeva una? Biciclette, catorci invero, i più fortunati, sennò, via!, a consumare le suole di scarpe altrettanto scalcinate un passo dopo l'altro. E, a proposito di passi, quando non ne mancavano molti per giungere alla sua casa, la Gioietta si era fermata nei pressi di un arco che dava accesso a una corte, mentendo di essere arrivata. Non voleva che il giovanotto vedesse il fatiscente agglomerato di edifici nel quale abitava. Con un tono d'addio l'aveva ringraziato per ciò che aveva fatto: l'occhio fisso al baffetto, La Rocque s'era un po' appannato lasciando campo libero a Clark Gable, le era sembrato di essere proprio di fronte a uno di quegli attori di cui vagheggiava la vita e anche l'amore. Il Cletto a sua volta aveva avuto la fresca impressione di stare vivendo un frammento dello stesso film intravisto poco prima, come ne facesse parte, protagonista insomma, chiamato a rispondere alla domanda del titolo. Accesa una sigaretta aveva soffiato fumo e parole insieme.

«Vi rivedrò?»

Il velo di fumo sulla laringe aveva dato alle sue parole un tono quasi equivoco.

A quel punto la Gioietta era stata preda di una incontrollabile fantasia nella quale si vide di profilo, immortalata in una fotografia, un sorriso stampato in viso mentre guardava immaginari ammiratori.

«Se ti fa piacere...» aveva poi lasciato cadere, passando direttamente al tu.

«Quando?» aveva chiesto lui.

Avevano entrambi fatto conti che però s'erano tenuti in segreto. La Gioietta calcolando quante sere sarebbe dovuta restare buona buona in casa senza sollevare litigi o, peggio, in vista di una nuova uscita. Il Cletto invece, già carico delle balle che aveva raccontato, riflettendo che, dandosi un po' di tempo, avrebbe potuto capire se gli fosse convenuto sostenere il teatrino oppure sparire. Era stata la Gioietta a proporre il giorno.

«Stesso posto» aveva per intanto confermato il Siromalli, Caffè de' Bravi.

«Ci sarò» aveva cinguettato lei.

Dopodiché l'aveva guardato allontanarsi, restando opportunamente qualche minuto ancora nascosta nella corte fino a quando il Siromalli era sparito alla sua vista.

10

Non fu una notte facile per Gioietta Vendoli quella che seguì all'incontro col Siromalli, troppo eccitata per ciò che era accaduto: i destini di dive e divette, le trame di certi film non le erano sembrati più così lontani dalla realtà come invece sosteneva con protervia la Castica. La gioia era tale che, una volta rientrata a casa era stata tentata di raccontare l'evento: non quello col satrapo, bensì quello col giovanotto. Ma la maschera di rughe con cui la madre l'aveva accolta l'aveva smontata, decisa a tenere per sé il segreto. Una volta sotto le lenzuola però, nella camera che condivideva con lo zio Giusto, il sonno aveva faticato a giungere, l'aveva fatto con una specie di dormiveglia, tant'è che al mattino s'era ritrovata con la sensazione di non aver dormito nemmeno un minuto, un'ombra scura sotto gli occhi e, nella testa e sulla lingua, il desiderio impellente di confidarsi con qualcuno. L'aveva fatto poco più tardi con la compagna e amica che le stava a fianco nella linea della tintura, certa Dioscura. Ventunenne come lei, sposata con un muratore e con un figlio di due anni, la Dioscura l'aveva ascoltata senza interloquire. Quando però la Gioietta s'era zittita le aveva rivolto uno sguardo che grondava sapienza e aveva emesso un parere fatale.

«E ti pare che noi» intendendo loro operaie, «possiamo essere così fortunate?»

«Perché no?» aveva risposto la Gioietta, impermalita.

Certo non tutte e men che meno quelle più vecchie o le sgangherate o quelle che, ancora giovani, avevano già la corrente d'aria in bocca, i capelli quasi bianchi, le occhiaie o la gobba; un'umanità che, finito il turno all'opificio, ne cominciava un altro a casa e ne portava i segni.

«Perché no?» aveva ribadito la Gioietta contando che la Dioscura si fosse lasciata prendere dall'invidia.

Invidia, lei?, aveva ribattuto quella.

«Te lo spiego subito invece» aveva detto. «Perché quei gagà lì, quei bei tipi tutta gentilezza e col portafoglio gonfio credono di potersi divertire con la povera gente come noi, ecco perché!»

Si sollazzavano fino a che ne avevano abbastanza e poi quando erano stufi ti buttavano via come uno straccio vecchio.

«Di una scartina di operaia non sanno cosa farsene» aveva affermato la Dioscura.

E, aveva aggiunto, se non ci voleva credere poteva indicarle un paio di colleghe di quello stesso opificio che alla fine avevano dovuto rivolgersi a sapeva lei chi per liberarsi del guaio! E con in più, come dessert, il rischio di capitare davanti a qualche giudice. O forse s'era dimenticata di quelle giovani finite in tribunale e sul giornale con l'accusa di aborto clandestino, non sempre condannate, era vero, ma sempre invece licenziate in tronco e in alcuni casi spinte a fare una certa vita considerata la bella fama che s'erano guadagnate?

«Se capisci quello che intendo» s'era conclusa la tirata della collega.

La Gioietta aveva inteso, eccome! E in più le parole della Dioscura le si erano piantate nel cervello, memento e tormento insieme che l'avevano accompagnata per i giorni che la vedevano separata dal secondo appuntamento col bel giovanotto.

Quella sera, quando la Gioietta entrò al Caffè de' Bravi, il Siromalli era già lì. I giorni dell'attesa, quelli che aveva destinato a comprendere se valesse la pena perseverare nella manfrina, l'avevano solo irritato per la lentezza in cui erano trascorsi aspettando che giungesse quello fatale: tempo per farsi uccel di bosco, aveva concluso, ce ne sarebbe stato. Lei sedette, un paio di rughe le comparvero sulla fronte, sbuffò. Che fosse stanca al Siromalli parve evidente e guardandola ne trasse un'impressione di sensualità.

«Giornata pesante?» chiese.

«Sì» rispose lei lasciandosi cadere sulla sedia.

Le dispiaceva presentarsi in quello stato ma il direttore dell'opificio s'era svegliato col piede sbagliato quella mattina.

«Non ti dico» aggiunse.

E lei, che ne era la segretaria, aveva dovuto subire le conseguenze del suo cattivo umore.

«Mi dispiace» rispose di fretta il Cletto, accendendosi, al terzo fiammifero però, una sigaretta. La rivelazione della giovane l'aveva agitato, colpito e affondato lui questa volta.

Segretaria di direttore d'opificio! Istruita quindi, non poteva essere altrimenti, tutt'altro che una sciacquetta. Probabilmente cresciuta e educata in una famiglia da tenere in un certo conto. Bella inoltre! E con un valore aggiunto alla bellezza, un quid che riluceva nello sguardo, sorta di messaggio o, meglio ancora, promessa... Era facile immaginare che ci fosse più di un merlo a farle la corte, giovanotti di altrettante famiglie di buon nome e censo che potevano mettere in campo ben altro che l'aria fritta con la quale lui s'era vantato. Poteva ancora sparire dalla vita della giovane, sarebbe bastato salutarsi di lì a un po' e non farsi più vedere.

D'altra parte lei era lì, davanti a lui, nonostante la schiera di immaginari corteggiatori...

«Non vogliamo fare due passi?» chiese la Gioietta.

Il Cletto si riscosse dai pensieri.

«Come?» domandò.

«Dico» ripeté lei, «non sarebbe meglio uscire e fare due passi?»

Il trambusto che c'era in quel locale... si faceva fatica a parlare.

«Non trovi?»

Il Siromalli non trovava, non gli pareva che ci fosse poi così tanto rumore. Però accettò, anche perché la Gioietta s'era già alzata. E una volta fuori se lo prese sottobraccio. Fu un gesto calcolato, avviso di possesso. E semmai il giovanotto non avesse inteso bene, la Gioietta volle ribadire il concetto imponendogli, più che concedergli, un lungo bacio che, protetti dal buio, addolcì a entrambi quella sera sul finire del mese di aprile.

11

Passato un mese la Castica decise che si trattava di un affare di famiglia e come tale lei doveva metterci il becco. Non era così facile fargliela sotto il naso, men che meno per quella figlia svanita, con la testa piena di dive del cinema. Se credeva di metterla nel sacco significava solo che non aveva ancora capito chi fosse sua madre. Perché non le era sfuggito che da settimane la Gioietta era cambiata, l'umore sempre allegro, quasi gentile nelle risposte pur mantenendosi sul vago, spariti però i grugni, le alzate di spalle, gli insopportabili *uff, uff!* Ma soprattutto le sere nelle quali usciva non sbatteva più la porta e al rientro non mancava mai di augurare la buonanotte. La conclusione che il fiuto della Castica aveva tratto era più che ovvia. E se era sfuggita a quel musagnotto del marito che quando e se lavorava pareva aver fatto le fatiche di Ercole, a lei no: nella vita della figlia era comparso un merlo.

Ma, s'era chiesta, di passo o stanziale? Lì stava il problema. Perché, fosse stato un migratore, c'era il rischio che quella, scema com'era, sempre lì a inseguire sogni che sapevano d'inchiostro, si facesse intortare per bene per poi magari, che il cielo non volesse!, restarsene sola soletta a grattarsi un mal di pancia, di quelli che però passavano dopo nove mesi. Doveva vederci chiaro e se aveva atteso che prima o poi fosse la Gioietta a mettere sul tavolo la questione, adesso la sua pazienza s'era del tutto esaurita. Così una sera, maggio era agli sgoccioli, si mise di traverso impedendo alla Gioietta di uscire a meno che non le confessasse.

«Dove vai, con chi e a fare cosa.»

Lo chiese scandendo con il tacco ogni parola.

«Intendi dire?» replicò la figlia.

«Va là che mi hai capito» replicò la Castica, le braccia conserte, lunga e larga quant'era a impedire l'accesso alla porta di casa.

«E se ti dicessi che sono affari miei?» propose la Gioietta.

«Va bene» acconsentì la madre, «perché in quel caso significa che da qui non esci né questa sera né le prossime fino a che non mi dirai...», dopodiché la Castica abbaiò: «DOVE VAI? CON CHI? E A FARE COSA?!».

Per tutta risposta la figlia sorrise.

«Ti faccio ridere?» chiese la madre.

«Un po'» ammise la figlia.

Ma non era tanto l'aspetto grottesco che sua madre assumeva quando si lasciava travolgere dalla rabbia, quando le vedeva il volto assumere lo stesso colore delle mattonelle di cucina. Era piuttosto l'idea che forse era giunto il momento di spiattellare la verità sulla conquista fatta, la soddisfazione di vederla mutare mimica verso una bolsa incredulità quando avrebbe appreso ciò che voleva sapere.

«Bene, allora» disse.

Se lo voleva sapere, rispose con baldanza, frequentava da tempo un grossista di frutta e verdura dal generoso portafoglio, visto che caffè o cinema pagava sempre lui...

«Dotato di macchina» sparò anche se ancora non l'aveva vista e, in verità, nemmeno più sentita nominare... e pure bello e di modi gentili.

La Castica reagì per qualche istante masticando a vuoto. Niente di più facile che la figlia avesse rivestito con le stupide fantasie maturate leggendo certe riviste un qualunque morto di fame, di quelli che attendevano le oche come lei all'uscita dal lavoro. Non le mancavano certi esempi, l'ultimo in ordine di tempo quello di Marta Cacicca che aveva fatto epoca nel quartiere: la figlia di lei in verità, Burlanda, che non era nemmeno riuscita a indicare con precisione chi l'avesse inguaiata e aveva a sua volta inguaiato un fesso, un magnano girovago che l'aveva portata a vivere da qualche parte nel bresciano con la proibizione assoluta da parte della famiglia di farsi rivedere da quelle parti.

«È proprio vero?» chiese poi la Castica cacciata dalla mente l'immagine delle Cacicche, madre e figlia.

La Gioietta rifletté che quel battibecco le stava solo facendo perdere tempo.

«Lo devo forse giurare su lei?» propose.

Sant'Apollonia cioè, davanti alla quale secondo la Castica uno spergiuro avrebbe provocato vendette a suon di diuturni mal di denti.

«Attenta a te» rispose allora il donnone accingendosi a lasciare libero il passaggio. Fu solo quando era già quasi del tutto fuori che la donna si permise un'ultima osservazione, quasi un ordine.

«Vedi di non lasciartelo scappare!»

«Fossi scema» rispose la figlia involandosi ma con di nuovo una pulce nell'orecchio.

Come fare a non farselo scappare quando, prima o poi il momento sarebbe arrivato, avrebbe dovuto confessare che era solo una semplice, povera, misera operaia secondo quello che le aveva detto la Dioscura?

12

Se non fosse giunto, forse addirittura passato, il momento di scappare, il Siromalli, cui la reiterata finzione aveva cominciato a pesare un po', se l'era già domandato più volte. Della balla circa l'auto pensava di essersi sgravato, semplicemente non parlandone e non avendo avuto più sollecitazioni in proposito dalla Gioietta. Ma l'altra, bella grossa, grossista di frutta e verdura, pesava eccome.

Un macigno!

Aveva continuato a mantenerla inventandosi clienti di qua e di là ma nel frattempo aveva incrementato il suo impegno nel negozietto che in fondo era, pur se scarsina, la fonte di reddito che gli permetteva di comportarsi, una volta, massimo due la settimana, come un gagà. Circa l'idea di mettere in vendita l'esercizio, per il momento era stata messa in sospeso. Perché alle viste premeva sempre di più una decisione che andava presa per dare un taglio netto a tutto; quella, per quanto dolorosa, di mollare la Gioietta al suo destino: se confessando l'inganno in cui l'aveva tratta oppure, quale vero e proprio merlo migratore, sparendo tutt'a un tratto era dilemma che specie alla sera, intrattenendosi con lunghe occhiate allo specchio, ancora non era riuscito a risolvere. Peraltro dopo ogni appuntamento con la ragazza il Siromalli si sentiva propenso a procrastinare ogni decisione definitiva, determinato a godere ancora per un po' dei lunghi baci che lei gli concedeva e di qualche azzardo di mano che gli aveva fatto desiderare di giungere fino in fondo e a qualunque prezzo. Azzardi che gli sguardi languidi della Gioietta e i sospiri sembravano volergli dire che presto anche quel momento sarebbe arrivato, senza bisogno di mettere mano al portafoglio. Pensiero, quest'ultimo, che lo spingeva a rinviare sine die la fatale decisione e, viepiù, fuori casa, dove, quando faceva due o più passi, pareva seguirlo da presso. Camminando per le contrade o sul lungolago salutava, se salutato, coloro che incontrava affinando una certa posa salottiera, sdegnando di entrare nei caffè per un'ovvia ragione di risparmio, ma sempre rientrando a casa con la precisa sensazione che il paesucolo gli andasse sempre più stretto, i suoi abitanti non avessero nulla da offrirgli e men che meno lui a loro. In sostanza, con o senza la Gioietta la sua vita non era destinata a consumarsi lì.

13

Altri sguardi furono quelli che misero in allerta la Gioietta, sussurrandole che non poteva perdere altro tempo. Erano quelli che le rivolgevano madre e padre, la Castica soprattutto, di sottecchi e subito deviati, da quando aveva rivelato l'esistenza del grossista di frutta e verdura. Sguardi densi di curiosità, di attesa, golosi, che la facevano sentire come fosse mutata d'aspetto. Più di una volta lei stessa aveva colto la madre nell'atto di sottoporle una domanda, ingoiandola subito invece in quello suo strozzo canino, come se avesse temuto di irritarla, della qual cosa fino a un paio di mesi prima non s'era minimamente preoccupata. Né, da quella stessa gola bastarda, erano mai più usciti insulti – Scema che sei!, Oca giuliva!, Vergogna di questa casa! –, peraltro usurati dalla frequenza: così che lei aveva smesso da tempo alzate di spalle e *Uff, uff!* in risposta. Pure lo zio Giusto che si teneva sempre in disparte nelle questioni familiari doveva aver orecchiato qualcosa e aveva tentato di scoccarle sorrisi che erano diventati ghigni sul suo volto toccato dall'apoplessia. Non fossero bastate quelle occhiate, s'erano aggiunte anche quelle delle vicine di casa cui la Castica non s'era tenuta dallo spifferare la novità e descrivendo il fidanzato della Gioietta, fu lei la prima a battezzarlo così, secondo come glielo aveva descritto la figlia, aggiungendoci pure del suo: che aveva una bella casa per esempio e che prima di approdare alla corte dei Vendoli aveva infranto più di un cuore, e che cuore!, arrendendosi però davanti alla Gioietta. Toccò a una vicina, certa Melania Sbrindola, madre di due rachitiche gemelle, invelenita senza però darlo a vedere dalle sparate della Castica, fare la parte della goccia che fa traboccare il vaso. Spinta dal sospetto che le parole della vicina avessero esagerato nel dipingere il quadretto, un bel dì finse di uscire da casa nel momento esatto in cui la Gioietta tornava dal lavoro e come se solo in quel momento se ne ricordasse le fece i complimenti.

«Ma prima o poi ce lo farai vedere il tuo fidanzato, vero?» Untuosa anziché no.

La Gioietta restò per un istante sulle sue, sillabando mentalmente quella parola che per la prima volta sentiva uscire da due labbra screpolate e riferita al Cletto.

Ma: «Come no» rispose, salutando poi e avviandosi rapidamente verso casa stretta nella necessità di fare pipì quanto prima. Il tempo della seduta e comprese che era giunto il momento di mettere le carte in tavola, tentare il tutto per tutto.

«O la va o la spacca» disse tra sé, ricordando con un brivido le parole della Dioscura sui bellimbusti che tenevano in conto le giovani operaie come articoli di macelleria, resoconti che le inquinarono il sonno con immagini di stanze buie, visi distorti, desolati paesaggi d'esilio. Tradotti in soldoni quei sogni le dissero che la sera seguente, sera d'appuntamento, avrebbe dovuto decidere il proprio destino.

14

Sera di chiari indizi estivi, lievemente profumata, molte finestre s'erano aperte per ospitare la piacevolezza dell'aria. Non in casa Vendoli. La Castica però s'era rifiutata di cuocere cavolfiori benché il Savinio ne fosse ghiotto, amandoli bolliti e spruzzati poi di aceto rosso. Ma non si poteva rischiare che la Gioietta incontrasse il suo bel grossista circonfusa da quell'odore greve d'invincibile miseria. Un po' di pane e un po' di lesso freddo furono cena che peraltro Gioietta appena piluccò: lo stomaco era stretto in una morsa in previsione di ciò che l'aspettava. Prima di uscire scappò di nuovo al cesso, poi salutò con un groppo in gola. Il Savinio, deluso per aver dovuto rinunciare ai cavolfiori, rispose con un grugno, la Castica: «Non fare tardi» tanto per dire qualcosa, e dolce, quasi un sussurro come di cane sfinito dopo una lunga corsa. La figlia rispose con un impercettibile sussurro, ripetendo tra sé il programma stabilito.

Né cinema né Caffè de' Bravi quella sera, quella fu la prima mossa che aveva previsto.

«Lungolago» comunicò al Cletto.

Dove avrebbero potuto parlare con comodo visto che c'era una questione che non si poteva più rimandare.

Ahi! rifletté il Siromalli.

La macchina!

Per l'ennesima volta era sceso a Lecco in treno e dopo lungo tempo che non se ne parlava ecco che l'argomento risaltava fuori! Si preparò a sparare un'altra balla.

«Sarebbe?» chiese per guadagnare tempo mentre la bugia si stava conformando nella sua mente.

La macchina?

Appunto, proprio quella, ma guarda la combinazione! Glielo stava giusto per dire. Una settimana ancora, massimo due secondo ciò che gli avevano assicurato e ne sarebbe tornato in possesso.

Dopodiché però, addio Gioietta, addio sogni di gloria! E ognuno per sé.

«Forse sarà meglio se ci sediamo» propose la Gioietta che stava di nuovo avvertendo lo stimolo della pipì.

«E sediamoci» acconsentì lui, già percependo il dispiacere di dover rinunciare al mistero che il vestitino a fiori della giovane proteggeva. «Sentiamo» la invitò dopo che si erano entrambi accomodati, il lago sotto gli occhi, alle spalle un vocio, un parlottio lieve, fatto di nulla, di gente che s'era lasciata i pensieri a casa.

La Gioietta, le mani intrecciate tra le cosce, gesto che fece chiudere gli occhi al Cletto fulminato da un indecente pensiero, sospirò.

«I miei» esordì.

«I tuoi» ribatté lui.

Faceva apposta a non capire? si chiese la Gioietta.

«I miei genitori intendo» chiarì.

«Avanti» fece lui.

«Ecco» riprese la Gioietta, «non saprei dirti cosa gli è preso ma...»

Pausa, ma non casuale. Studiata piuttosto, meditata durante la sosta nel luogo comodo e allo scopo di sottolineare l'importanza, la gravità anche di ciò che stava per dire. Quindi, di nuovo: «Ecco...».

E poi d'un fiato, quasi a valanga, la rivelazione.

Quella sera, prima che lei uscisse, l'avevano costretta a sedere per dirle che quell'andazzo doveva finire.

«Andazzo?» chiese il Siromalli.

Andazzo, proprio. Nel senso che quel suo uscire verso sera e spesso tornare col buio non era sfuggito agli sguardi dei vicini. Da cui pissi pissi, bla bla, pettegolezzi cioè, fantasie come se lei se ne andasse chissà dove e a fare chissà cosa. E con chissà chi.

«Non basta sapere di essere oneste per avere la meglio sulle malelingue» affermò la Gioietta. E certe dicerie col passare del tempo ti bollavano come fossero verità.

Insomma era ora di darci un taglio, svergognare i maligni, ridurli al silenzio, dimostrare che la sua frequentazione era onesta e soprattutto seria. Lo stimolo della pipì era passato, la giovane si rilassò. Il Cletto aveva ascoltato tirandosi i baffetti, un po' di qua, un po' di là.

«In soldoni?» chiese infine.

«Vogliono conoscerti» sparò la Gioietta mentre una vocettina nell'intimo le sussurrava che avrebbe potuto arrivarci da sé a quella conclusione il suo bel grossista.

Ecco, adesso sì che era nella merda, rifletté il Cletto. Tuttavia, come si usava dire, non tutti i mali venivano per nuocere. Il momento che spesso aveva rinviato era andato a trovarlo.

Conoscere i genitori della ragazza? E come no! Ma mica quella stessa sera! Di lì a una settimana o due, indifferentemente: tanto non si sarebbe presentato. Per il momento gli sembrò necessario evitare crisi, litigi. Era necessario dare certezze alla Gioietta. Fu lì per dire qualcosa ma lei stessa non gliene diede il modo. Perché non era ancora finita, anzi, la parte più difficile stava per arrivare.

«Prima però devi sapere una cosa» disse.

Doveva essere informato della piccola bugia che gli aveva raccontato la sera del loro secondo incontro.

«L'ho fatto così, d'istinto, nel timore che mi prendessi per una faciletta, un sollazzo passeggero per poi sparire quando ti fossi stancato» proseguì.

«E quindi?» interloquì il Cletto.

Quindi quando lui le aveva rivelato di essere una specie di uomo d'affari lei non aveva avuto il coraggio di confessare che era una semplice operaia. Fino ad allora la Gioietta aveva parlato guardandosi la punta delle scarpe. Adesso che aveva finalmente sputato il rospo si girò a guardare in viso il Siromalli. Non le parve particolarmente turbato.

«Non dici niente?» chiese dopo qualche istante di silenzio.

Il Cletto sbuffò. Cosa poteva dire?

«Ma di' qualcosa» riprese la Gioietta, la voce che tremava un po'.

«Meglio così» rispose lui.

Certo, meglio così. Meglio così perché, pensò la giovane, con la sua confessione gli aveva offerto l'occasione di liberarsi di lei. Un'operaia non meritava certo un partito simile. Lacrime, e ancora la pipì, la stavano per vincere. Ma: «Meglio così» riprese il Siromalli, «perché anch'io non te l'ho contata del tutto giusta».

Era vero, aggiunse, che aveva a che fare con frutta e verdura ma non poteva dirsi propriamente un grossista.

«Ho un negozietto, ecco. Ma ho tutta l'intenzione di non passarci il resto della vita.»

Repentinamente, dal timore delle conseguenze per essersi confessata la Gioietta passò all'euforia di aver pareggiato i conti.

Siamo uguali! rifletté tra sé, e si strinse addosso al giovanotto.

«E a te pare che mi piaccia l'idea di fare l'operaia fino a che mi diventeranno bianchi i capelli ? O di stare in quella casa a subire le paturnie di mia madre?» gli mormorò all'orecchio.

«No, certo» rispose lui.

E allora, se entrambi volevano costruirsi un futuro, cambiare le cose... se stavano tanto bene insieme...

Insomma, lo capiva quello che intendeva dire oppure doveva essere più esplicita?

Due volontà come le loro, alleate, non erano forse meglio di una sola?

«Ma non se la prenderanno in ogni caso?» chiese il Cletto staccandosi dalla Gioietta.

«E perché mai?» domandò lei.

Be' aveva obiettato il Cletto, una volta che lui si fosse presentato in casa, fatto vedere... e poi dichiaratosi per quello che era, insomma, c'era di che prevedere che non l'avrebbero presa tanto bene, aveva ipotizzato.

Non aveva pensato alle conseguenze per tutte le bugie che aveva raccontato loro nel corso delle settimane passate?

15

Più tardi, a letto, accompagnata dalla sinfonia che usciva dalla bocca deviata a destra dello zio Giusto che dormiva già da un paio d'ore, Gioietta Vendoli aveva ripensato al rischio che avrebbe corso se non fosse intervenuta ad avvisare il Cletto di non pensarci nemmeno per sogno.

Era per caso impazzito all'istante?

«No!» aveva detto stringendogli il braccio.

E poi no, non era cosa nemmeno da prendere in considerazione.

«Non puoi!»

Non poteva presentarsi in casa sua per quello che era perché allora sì... allora sì che i suoi se la sarebbero presa dopo che lei per settimane e settimane aveva parlato di lui come grossista di frutta e verdura, uomo d'affari insomma, la macchina, il portafoglio gonfio eccetera... Se avesse fatto una mossa del genere sarebbe stato un disastro. «Mia madre...»

... sua madre si sarebbe confermata nella convinzione che lei altro non era che una povera scema, un'oca giuliva, una sventolina con la testa piena d'aria, insomma avrebbe rispolverato l'intero catalogo di insulti che in quell'ultimo periodo aveva messo da parte. Una cretina senza pari disposta a credere al primo, cretino pure lui, che le voleva vendere il sole per la luna. Le pareva già di sentirla: ecco i bei risultati che si ottenevano leggendo e rileggendo quelle riviste piene di divette che raccontavano un sacco di balle capaci di incantare... «Di incantare le cretine come me» si era animata la Gioietta.

Con quella bugia, con la bugia che aveva servito in casa, aveva reso morbidi tutti, la Castica in testa, come molliche di pane. E senza contare che non se l'erano bevuta solo in casa ma anche nel vicinato scatenando curiosità, oltre che invidie, gelosie e pettegolezzi che proprio da quelle invidie e gelosie erano nati.

E lui voleva andare a dire che non era vero niente?

Il Cletto aveva tentato di dire qualcosa, ma: «No, no, no, alt!» l'aveva fermato lei.

Perché non era mica finita lì, nossignore! Sua madre, infatti, non si sarebbe accontentata di riempirle la faccia di sberle fino a conciarla come un'anguria, c'era ben altro rischio. Quello, cioè, che la Castica ritenesse quell'imbroglio la prova che le mancava per ritenerla destinata a una grama fine, vergogna della famiglia eccetera, e che quindi mettesse in atto una minaccia che di tanto in tanto faceva balenare: l'ultima volta l'aveva fatto un sei mesi prima quando aveva scoperto che s'era comperata un rossetto; rivolgersi al parroco di Castello, certo don Abbondio, che in gran segreto aveva piazzato giovani traviate lontane da occhi e orecchie indiscreti, infilandole nei luoghi più reconditi del regno.

«Dicono in Valtellina o in qualche valle della bergamasca» aveva riferito lei.

E a fare le serve, le lavandaie, forse le perpetue, aveva specificato. Sta di fatto che nessuno le aveva più viste in giro né le famiglie avevano mai più voluto saperne.

«Vuoi che faccia quella fine?» aveva chiesto, tacendo poi.

Il Cletto era rimasto per qualche istante senza parole, non tanto perché non sapesse cosa rispondere, piuttosto perché lei, perorata la sua causa, gli si era di nuovo fatta addosso, offrendogli il grazioso collo che chiedeva baci. Lui aveva obbedito al richiamo e solo dopo aver salivato assai su quella pelle morbida s'era deciso a rispondere.

«D'accordo.»

Nel senso che accettava non solo di presentarsi ma anche di recitare la parte del grossista?

«Certo» aveva confermato lui.

Le aveva chiesto solo un po' di tempo per prepararsi alla pantomima.

Ma, quanto?

E, quanto, quanto... aveva temporeggiato lui.

Mica era un attore. Anche se, vivaddio, ne aveva l'aspetto.

16

Una settimana non fu sufficiente per decidersi all'azione.

Il Siromalli l'aveva passata ormai convinto che fosse giunto il momento di darsela, sparire. Certo doveva tener conto del carattere della Gioietta, agguerrita anziché no, e fare le cose per bene, evitare di tirarsi in testa guai.

Come poteva fare?

L'unico modo era sacrificarla al tribunale del giudizio materno: in altre parole se lui non si fosse presentato lasciandola sola, o in alternativa avesse confessato il carico di bugie, la Castica avrebbe avuto tutte le ragioni di considerare la figlia un'oca integrale e come tale certe minacce sarebbero divenute realtà dopodiché la Gioietta avrebbe intrapreso la carriera della serva o della perpetua lontana da lì, secondo le minacce del donnone.

Certo era un agire crudele, o vigliacco? Probabilmente un insieme di entrambe le cose, ma di necessità bisognava fare virtù.

Alla giovane, rivedendola dopo quella settimana, chiese un altro po' di tempo per prepararsi a dovere.

«Ma non capisco...» tentò di obiettare lei che in effetti non vedeva cosa ci fosse da preparare.

L'aveva così ben incantata con le sue balle...

«Porta pazienza, dammi retta, so io» disse il Cletto cui il vedere la Gioietta succhiava un po' di forza della decisione presa.

«Io potrei farlo» rispose la Gioietta, «ma in casa mia ormai non ce n'è quasi più.»

«Di cosa?» chiese lui.

«Pazienza, santiddio!» sbuffò lei, era così difficile da capire?

La Castica le stava alle calcagna, talvolta mugolava come un cane alla luna biascicando che non avevano di che vergognarsi nemmeno di fronte al santo Padre essendo la loro casa di gente onesta, a volte invece, ritrovando il tono abbaiante e minacciando di chiudere la porta, ingoiare la chiave, proibirle di uscire se non avesse portato lì il suo grossista, perché ormai il tempo di fare le cose per bene era maturo. Lei l'aveva tenuta a freno inventandosi balle sul suo lavoro, i giri, gli spostamenti... talvolta aveva detto che gli toccava anche dormire fuori casa... ma ormai la corda era tirata al massimo, rischiava di rompersi.

L'aria calda di quella sera di giugno si mischiava all'alito altrettanto caldo della giovane.

«Allora?» chiese.

Il Cletto rifletté. «Martedì prossimo» decise.

«Va bene» concordò lei.

«O magari mercoledì» ipotizzò di nuovo il Cletto, meglio non dare certezze.

Sbagliò.

La Gioietta sul momento non disse niente, si concesse volentieri anzi ai baci, gli ultimi nella mente del giovanotto.

Però il martedì, quando da poco era passato mezzogiorno, bussò alla porta di casa Siromalli.

17

Al lavoro aveva finto di non stare bene, la Dioscura le aveva tenuto bordone. Era stata lei ad avvisare l'assistente che forse sarebbe stato il caso di rimandare a casa la Gioietta.

«Ma cos'ha?» aveva chiesto quello.

«Cose di noi donne» aveva mentito la Dioscura.

«E va bene, che vada» aveva risposto l'assistente, «ma che cerchi di guarire entro domani.»

Cosa che si era verificata molto prima, subito anzi, quando la Gioietta si era trovata fuori dall'opificio e aveva infilato la strada per la stazione. Trovare la casa del Cletto non era stato difficile, di Siromalli in paese c'era una sola famiglia. L'importante, le aveva risposto uno, era che cercasse il figlio non il povero Erasmo perché quest'ultimo appunto era morto e allora le sarebbe toccato andare al cimitero.

«Spiritoso» aveva risposto lei, sottraendosi all'occhiata tutt'altro che innocente di quello e infilandosi nella viuzza dove il Cletto abitava e dentro la quale, era stato il suo primo pensiero, mai avrebbe voluto trovarsi a notte fonda. Poi aveva bussato.

Che fosse ancora il prevosto? si era chiesto il Cletto sentendo i colpi. Be', nel caso, gli avrebbe detto che per adesso stava cercando di capire come ampliare un po' i suoi commerci, reggere la concorrenza della Privativa Cagnoletta che stava in Coltogno e che poteva contare su una moglie e una figlia che gli davano una mano. Tempo per pensare al matrimonio non ne aveva e quindi…

Ma quando aprì la porta di casa ammutolì, un ghignetto sul viso che alla Gioietta in realtà ricordò certi sorrisi storti dello zio Giusto.

Avrebbe preferito trovarsi davanti il sacerdote? Non riuscì nemmeno a pensarlo, la Gioietta gli si gettò tra le braccia, si abbracciarono. In verità fu lei ad abbracciarlo, gli arti superiori del Cletto pendevano ancora lungo i fianchi, folgorati dalla sorpresa.

«Sono qui» sospirò lei. E be', a quanto pareva…

«Ma…» fece il Cletto.

Avrebbe voluto chiedere come mai, a fare cosa, cosa significasse quella visita tanto inattesa quanto, anche, un po' importuna.

«Shhh» lo invitò lei invece.

Le desse il tempo di godere l'abbraccio che aveva desiderato sin da quando s'era svegliata quella mattina. E anche quello, senza parere, di dare un'occhiata d'insieme alla casa, davvero poca cosa. Poco invitante anche l'odore che c'era nell'aria: c'erano forse gatti in giro? E quella porta semichiusa doveva immettere nella camera da letto a giudicare da un lenzuolo che era appallottolato sul pavimento.

«Ma, come…» tentò ancora di chiedere il Cletto cercando nel contempo di risolvere l'abbraccio senza peraltro riuscire. Anzi, non poté mancare di notare che la Gioietta continuava a stringere e inoltre spingeva, obbligandolo a retrocedere. Forse non lo faceva con intenzione, non se n'era accorta, ma... ma quel suo spingere, quella pressione col bacino...

«Non è forse il gran giorno oggi?» sussurrò lei. E allora... un passo avanti lei e uno indietro lui.

Allora non aveva resistito all'idea che venisse sera, le era parso addirittura che quella sera non sarebbe mai arrivata, non sarebbe mai potuta arrivare per qualche caso avverso del destino. Idee, fantasie che l'avevano inquietata per tutta la notte, mettendole addosso un'inspiegabile frenesia.

«Sono sciocca?» chiese la Gioietta impedendo però la risposta del giovanotto schiacciandogli un bacio sulle labbra.

O be', considerò il Cletto.

Le labbra, calde, un passo avanti lei, indietro lui, qualcosa che, insomma, sì, si stava muovendo...

«Ma no» rispose come se avesse bolle in gola.

Però, ecco, non si aspettava di vedersela lì quel giorno, a quell'ora. E poi, per dirla tutta, se avesse insistito in quella specie di danza...

«E allora ho fatto bene» rispose la Gioietta.

Bene ad attuare il piano che aveva concepito fin dalla sera prima. Salire lì da lui, non le ci era voluto molto, lasciare l'opificio per una giornata, e stare con lui per tornare a Lecco insieme e insieme presentarsi in casa sua, come se lui fosse passato a prenderla all'uscita dal lavoro.

Stavolta il passo indietro lo fece il Cletto un po' imbarazzato per ciò che si stava rendendo più che evidente e che sentiva come esagerato. Ma la Gioietta lo seguì e, a quanto gli parve, più che volentieri. Ormai erano sulla soglia della camera da letto. Di gatti nemmeno l'ombra, eppure quell'odore...

«Gioietta...» disse il Cletto, e fu tutto lì.

Perché, un passo indietro, e incespicò in quel lenzuolo, grigiastro e invero anche macchiato, che stava lì abbandonato in terra.

«Oh, oh!»

Le braccia, che nel frattempo avevano risposto alla Gioietta, si strinsero ancora di più attorno alle spalle della ragazza nel tentativo di fermare la caduta. Ne sortì piuttosto l'effetto contrario, atterrarono entrambi sullo scanchignato lettone matrimoniale, in un affanno di pulviscolo, rumore di molle e respiri, preludio a ciò che ormai il Cletto non si sentiva più capace di rinviare e al quale la Gioietta si sottopose con grazia, pregandolo unicamente di essere cauto.

Durò mezzora il tutto. La prima cosa che Gioietta disse, dopo, fu chiedere se ci fossero gatti in casa.

«Gatti? Mai stati» assicurò il Siromalli.

«Vuol dire che mi sono sbagliata, ma mi sembrava di sentirne l'odore» chiarì lei.

Al Siromalli scappò un sorriso.

«O be', se è per quello non fa meraviglia. Non saprei come spiegarlo ma a volte si percepisce un franco odore di fogna, e non solo. Ci sono giorni in cui prevale quello di fiori marci, altri in cui invece pare di essere in un'officina per quanto l'aria sa di grasso.»

Pure la Gioietta sorrise.

«Davvero singolare» disse. «Ed è sempre stato così?»

Il Siromalli puntò allora il gomito sul cuscino.

«Sempre. Ed è una delle ragioni per cui non vorrei passarci il resto della vita.»

«Come ci siamo già detti, o no?» concluse lei.

18

L'ingresso di Cletto Siromalli in casa Vendoli avvenne in quel tardo pomeriggio. Un caldo decisamente fuori stagione, all'esterno. Dentro ai limiti dell'asfissia visto che la Castica stava bollendo patate e nonostante avesse il viso color barbera aveva tenuto le finestre chiuse.

«Sorpresa!» disse la Gioietta entrando, facendo levare lo sguardo al padre che in quella bolla di calore stava per addormentarsi e girare di scatto la madre che, stante il rossore intenso del viso, sembrava un ritratto d'inferno cui mancavano solo le corna. Lo zio Giusto invece, nel cantuccio dove la vita e la Castica l'avevano relegato, dormiva francamente come sempre più spesso gli capitava. Le patate bollivano, un blop blop intestinale, segnalando che era ora di toglierle dall'acqua per essere spellate. Compito che di solito la Castica riservava alla figlia, che se le scottasse lei le sue ditine da divetta, e per il quale aveva sempre calcolato i tempi, così che la Gioietta, uscita dal lavoro, se le trovava sempre pronte e bollenti, l'invito di sua madre uguale: «Dai, che poi facciamo cena!».

Tranne che quella sera la disgraziata era in ritardo,

a rischio che nella pentola i tuberi diventassero pappa. E in più osava presentarsi con quell'uscita, Sorpresa!, la faccia sorridente.

Che sberle, diomio che sberle!

Passò solo un istante e fu un gran bene perché la Castica aveva già armato la lingua e ne sarebbe uscito qualcosa di grossolano, cattivo, velenoso. Fu in quell'istante che, con mossa studiata poco prima mentre i due avevano salito le scale, il Siromalli apparve sulla porta di casa.

Apparizione vera e propria agli occhi di padre e madre. Il Savinio li aprì del tutto, per lo spavento però, pensando che fosse un qualche creditore, anche se per quale debito non avrebbe saputo dire. La Castica invece comprese al volo e masticò tra sé più di un insulto pensando al lurido grembiale che indossava e alle sue gote come solo un'avvinazzata poteva esibire. Solo lo zio Giusto non fece una piega, mantenne quella immutabile che aveva sul viso immerso nel sonno. Toccò alla Gioietta invitare il Cletto a entrare in casa. La Castica infatti, superato il disagio per essere conciata in quel modo, stava cercando parole da manuale delle buone maniere che, semmai aveva conosciuto, erano ormai finite chissà dove. Riuscì solo a chiocciare un: «È...» dal vago intento interrogativo che fu compito della Gioietta completare e confermare.

Sì, era proprio lui, infine giunto in visita, approfittando di un attimo, breve com'era di tutti gli attimi, che il lavoro gli aveva lasciato.

Il Cletto intanto, al pari della giovane, aveva approfittato dell'impasse per dare un'occhiata intorno. Squallore pure lì, locale buio, schizzi di qualche sugo o fritto o chissà che sulla parete dietro la stufa a legna. E poi quei tre, la Castica, il Savinio e il bell'addormentato che parevano le maschere di un carnevale fuori tempo. La sua presenza, senza nemmeno dire una parola, li aveva già messi all'angolo, zittiti per la sorpresa. Si sentì forte, e visto che teatrino doveva essere, teatrino fu.

«Vi chiedo scusa se mi faccio vivo solo ora, e dopo tanto tempo» disse trovando un'enfasi che gli ricordò certo Cincischia, attore della filodrammatica paesana e dedito a interpretare ruoli da araldo oppure cerimoniere.

Ma gli affari, spiegò pensando ad altro attore della compagnia, il ragionier Salino che impersonava sempre il padrone di casa o il conte nelle commedie in costume, gli affari insomma, il lavoro, adesso soprattutto che era solo al mondo! Non si immaginavano le pretese cui doveva fare fronte, e in più ci si era messa quella calura fuori stagione che certo non faceva bene a frutta e ortaggi.

«Non posso che scusarmi e...»

Ma la Castica, che a quel punto aveva mandato giù più saliva che aria, ritrovò il possesso della lingua e mentre le patate continuavano a bollire, che andassero all'inferno, qualcosa per cena avrebbe comunque rimediato, lo interruppe.

«Ma cosa dite?»

La Gioietta aveva ammirato la sicurezza con la quale il Cletto s'era proposto, aveva recitato. Ma all'uscita della madre temette per la durata di un battito di ciglia che quella stesse per sbugiardarlo. Un terrore che l'avrebbe potuta schiantare fosse durato un istante di più e che invece la madre ricacciò.

Con tutti i fanfaroni che popolavano l'aria, riprese infatti la Castica, un uomo dedito al lavoro era merce rara. E del ritardo con il quale si presentava...

«Circa i motivi del quale siamo del tutto coscienti...» non si doveva assolutamente scusare, perché la Gioietta, quel tesoro della loro figlia, li aveva messi al corrente quindi, come non capirlo?

«Scusarsi? Che sciocchezza!» levando in aria la mano artrosica.

Loro, anzi, lei prima di tutti doveva forse scusarsi per come aveva insistito con la figlia perché le facesse conoscere quel bel giovanotto di cui tanto le aveva parlato.

«E pur non conoscendovi ancora...» erano di già felici al pensiero che la loro Gioietta potesse finalmente guardare a un futuro che molte tra le sue coetanee non osavano nemmeno immaginare. Pronunciando quelle parole, sotto lo sguardo fisso della Gioietta che stentava a credere fosse sua madre a parlare, il viso della Castica si era imporporato ancora di più; il Cletto fece un passo indietro quasi avvertisse il calore che ne emanava: un gesto peraltro inconscio, quasi volesse ritrarsi da una trappola dentro la quale aveva ormai già messo un piede. La Castica peraltro aveva preso l'aere, tornata padrona e signora del loculo dove abitava, aria compresa. Avanzò verso di lui, gli si fece sotto a tiro di fiato, non commendevole, si fermò e lo fissò.

«Ve l'affidiamo con tutto il cuore» sentenziò poi accompagnata da una reazione del marito che si batté una mano sulla coscia e addirittura risvegliando lo zio Giusto che emise un grugnito interrogativo.

Il Cletto deglutì, si girò a guardare la Gioietta che

aveva messo su un faccino abbastanza imbecille, sempre più disorientata dal comportamento della madre. La quale, visto che aveva imboccato la tangente, volle arrivare fino in fondo.

«Figlia e dote allo stesso tempo.»

Poiché era inutile nascondersi dietro un dito, altro da offrire la loro casa, pur se onesta, non aveva. Ma poiché l'onestà pagava sempre ecco che non passava sera senza che lei, loro, ringraziassero il cielo per la fortuna che era capitata alla loro figliola.

Il Cletto era in imbarazzo, la Castica aveva parlato come un'invasata. Il giovanotto si stava augurando che almeno fosse finita lì così da potersene andare e magari chiedere prima o poi alla Gioietta se la madre non fosse mai stata in qualche manicomio. Ma, ahilui! non era ancora finita, poiché la donna, fatto un ulteriore mezzo passo in avanti, gli fece temere che lo volesse baciare: uno schifo al solo pensiero di essere toccato da quelle labbra livide e la schiumetta agli angoli.

La Castica invece, piegando un poco il capo, guardandolo da sotto in su e abbassando il tono della voce, gli rivolse una domanda.

«Sapete qual è il pensiero che mi fa compagnia dalla mattina alla sera?»

Il Cletto si strinse nelle spalle, non lo sapeva e men che meno gli interessava. Rispondere? E cosa dire? Tanto più che la donna aveva già bella e pronta la risposta.

«Immaginare il giorno del matrimonio» sparò.

«Ma, mamma...» sbottò la Gioietta.

«Tu taci!» ordinò lei.

Immaginarlo, sì.

A loro, povera ma onesta gente, nessuno poteva negare il privilegio di sognare, carezzare fantasie che lenivano la durezza della vita. E lei da tempo covava nel cuore e nel pensiero l'immagine di quel giorno fatale.

Un giorno che avrebbe riscattato l'intera famiglia nei confronti di amici...

«Amici... va be', faccio per dire», amici quindi, e conoscenti e vicini, invidiosi e pettegoli d'ogni specie, morti di fame come loro, certo, ma che tra di loro si sposavano, morto di fame con morta di fame, e usi a frettolose cerimonie mattutine, squallide festicciole domestiche. Gente che finalmente adesso si sarebbe dovuta rimangiare ogni sorta di chiacchiera e cattiveria, adesso che il fidanzato di sua figlia si era ben palesato, per lo scorno di coloro che avevano pensato e sussurrato...

«Sapeste mio caro, perché...»

Perché alle sue orecchie, rosse pure quelle, non sfuggiva niente di ciò che in quel cencioso quartiere si diceva... di quello che si era sussurrato come se lei si fosse inventata ogni cosa al solo scopo di farsi bella agli occhi altrui. Adesso quegli stessi occhi avrebbero avuto di che lustrarsi, i fegati di che rodersi e non solo quelli ma anche...

La Castica si rese conto che stava per esagerare, di fronte al giovanotto non si poteva scendere così in basso dov'era invece stata tentata di affondare. Tirò il fiato allora. Ma non aveva mica finito, mancava il sigillo finale al suo sproloquio.

«Ve l'assicuro» disse, «potrei anche morire quel giorno, felice di aver vissuto.»

Be', di sicuro, stava pensando il Cletto, un po' di

manicomio a quella donna non avrebbe fatto del male, sempre a patto che già non ne conoscesse le mura. In ogni caso, parendogli che adesso la diavolessa aveva finito la sua tirata, giudicò che la maniera migliore di togliersi dalle balle fosse quella di dimostrarsi d'accordo. E poi, fuori da lì, aria, aria!

«Non mancherò» rispose quindi, facendo genericamente intendere che non avrebbe disatteso simile aspettativa.

D'altronde, che fretta c'era?

«Nessuna» gli rispose la Gioietta qualche sera più tardi.

Due appena fidanzati avevano tutto il diritto, non solo il tempo, di pensare con comodo al proprio futuro. Soprattutto se quel futuro avrebbe dovuto essere lontano da lì, dalle lugubri case di entrambi, dall'opificio, dal tristanzuolo negozio di frutta e verdura.

Lontano.

Bastava quella parola perché un futuro, quale che fosse, suonasse bene alle orecchie di entrambi.

Lontano.

E solo quando avessero individuato dove e quando sarebbe stato futuro.

19

Ma che quel futuro potesse essere già in cammino, seppure ben nascosto, né lui né lei ebbero modo di sospettarlo per un po'. Si prese il tempo che serviva per presentarsi, silente, mica bussava alla porta di casa, manco fosse procaccia o creditore. Si palesò per bocca della Gioietta piuttosto, cinerea ambasciatrice di rughe sulla fronte dentro le quali era inscritto lo stato in cui temeva di trovarsi.

«Che stato?» chiese lontano dal capire il Cletto.

20

Agosto snocciolava i suoi primi giorni, l'afa di luglio era già un ricordo, un paio di temporali accompagnati da ventacci avevano reso meno perfide le notti. I due avevano, come si dice, tirato là, tentando, di tanto in tanto, di diradare le nebbie sul tempo prossimo, cercando di dare almeno un nome a ciò che li avrebbe qualificati. Il Cletto era stato il primo a battezzarsi agente di commercio: che caspita, il bell'aspetto, il fascino, la parlantina, doni del cielo che non andavano sprecati. E grazie ai quali sarebbe stato in grado di incantare sassi, serpenti, e anche sordomuti! E la Gioietta, con quel faccino che di profilo pareva una fotografia, il vezzo di arricciare le labbra – cul di gallina, è vero, ma stretto stretto – aveva diagnosticato in sé l'anima di commessa, se di negozio d'abiti o di profumi avrebbe visto: in ogni caso avrebbe piazzato l'una o l'altra cosa a chiunque avesse varcato la soglia dell'immaginario negozio, trattando ognuno con irresistibile piacevolezza, foss'anche stato un essere di sangue pari a quello dell'orribile Castica. Nel frattempo, dovendo la giovane dare comunque la busta in casa e vivacchiando il Cletto degli esigui proventi del negozio, avevano di comune accordo deciso di limitare le spese: quelle del treno, necessarie al Siromalli per scendere a Lecco una volta a settimana, s'erano salvate. Né il cinema però e nemmeno il Caffè de' Bravi avevano mai più avuto l'onore di una loro seduta. La macchina, va da sé, era entrata di diritto nel computo delle bugie e di tanta confessione la Gioietta non s'era poi stupita più di tanto.

All'uscita del Cletto: «Che stato?» il cielo d'agosto, sul quale s'era allungato un prematuro filo d'arancio settembrino, parve ingrigirsi, ma non fu miracolo, solo l'ora che volgeva al desio e che però non intenerì affatto il cuore della Gioietta. Piuttosto ne solleticò una corda di rozzezza di cui in casa aveva avuto maestra insigne.

«L'unico che fa diventare grossa la pancia di una donna» rispose con un che di carnale nel tono che al Cletto propose nella fantasia immagini di deformità, gonfiori, intumescenze, pelli squamate e sguardi di occhi stralunati.

Adesso che gli era chiaro, il Siromalli tentò una linea di difesa, invero fatua, giusto per tergiversare ancora un poco, allontanare il momento che, stante la fatalità dell'istante, a buon diritto avrebbe dovuto titolarsi del redde rationem.

«Per una volta...» esalò.

Vero, una volta sola, ma: «Basta e avanza» lo inchiodò la Gioietta.

«Ne sei sicura?»

Ehilà! Che non si permettesse di seminare dubbi sulla sua integrità, morale ormai, sacrificata l'altra.

«Intendi dire?»

«Niente, soltanto...»

«E allora sì, abbastanza» fulminò lei.

Non c'era altro da dire. Se non: «E adesso?» uscì dalla bocca del Cletto, ma lentamente come se al posto della lingua avesse una lumaca.

«E me lo chiedi?» propose la Gioietta.

Il Siromalli si strinse nelle spalle. Poi tacque e la guardò.

«Siamo nei guai?» chiese di lì a poco.

«E perché mai?» rispose la Gioietta.

Nei guai, spiegò, ci sarebbe stata lei se fosse stata combinata come un paio di sue colleghe che avevano dovuto arrendersi alla soluzione di un ferro da calza o simile alla protagonista de *La via del peccato*, romanzo di Carolina Invernizio che aveva letto tempo fa e la Castica, giudicandolo osceno dal solo titolo, aveva infilato nella stufa.

«Allora sì che sarei nei guai» confermò la Gioietta.

Ma la fortuna d'averlo incontrato la riparava da un fosco destino, fosco come il crepuscolo che s'era ormai steso su lago e monti e, in verità, anche un po' entrato nella testa del Cletto, obnubilandogli il pensiero. Non altrimenti si spiegherebbe perché alle parole della giovane, rispose: «Cioè?».

La Gioietta si spazientì.

«Ma mi ascolti?» chiese.

Era, quel destino, lo stesso di cui gli aveva già detto e che l'irascibile Castica nei momenti in cui la rabbia le imporporava anche il bianco degli occhi, le sbandierava sotto il naso, gridando come nemmeno una stracciven-dola o il magnano.

«Serva, lavandaia, perpetua in qualche valle nascosta,

lontana, forse ancora non del tutto esplorata, in mano a chissà chi senza alcuna prospettiva se non quella, una volta vecchia e inutile, e ammesso di arrivarci, di finire in qualche casaccia di assistenza per poveri, accattoni, donne di malaffare, scarti di umanità.»

Quello il destino che l'avrebbe attesa quando in casa avessero compreso che aveva il guaio addosso se lei non avesse potuto contare su di lui.

«Capisco» ammise il Cletto.

«Bon, fino a qui ci siamo» concesse la Gioietta.

«Perché, c'è altro»? si meravigliò il Siromalli.

«Ce n'è.»

Ce n'era eccome.

Perché, per quanto lei potesse stare tranquilla, il marchio della traviata scansato, bisognava adesso considerare un altro aspetto della faccenda.

«Ah sì?» chiese il Cletto.

«E già» confermò la Gioietta.

Perché a un certo punto quella sua pancia così bella piatta adesso avrebbe cominciato a deformarsi, che diventasse un'ogiva, un pallone o chissà cosa lo si sarebbe visto...

«Fra qualche mese, tre, massimo quattro» calcolò la Gioietta.

E a quel punto loro due avrebbero dovuto già essere...

«Un marito e una moglie» dettò la giovane.

«Io...» balbettò il Cletto.

«In attesa di diventare un padre e una madre, tanto per essere chiara!» imprecò la Gioietta.

E non c'era altra strada da percorrere perché sarebbe stato di nuovo scandalo e vergogna se lei se ne fosse andata in giro con una figura pari a quella di un fiasco di vino senza avere un marito che ne giustificasse lo stato di pienezza. Il crepuscolo s'era fatto notte e notte che aveva reso i due ombre. Come tali erano rimasti in silenzio per un po'. Fu il pensiero che di lì a poco l'ultimo treno utile per tornare sarebbe passato dopodiché più niente sino al mattino seguente a risvegliare il Cletto dall'intontimento. Lo ruppe grattandosi la nuca.

«Intendi dire, quindi...»

Ma la parola non riuscì a uscirgli di bocca.

«Intendo proprio quello» confermò la Gioietta.

21

Nulla si crea, nulla si distrugge, tutto si trasforma.

Di tanta legge, di tale formulazione, del suo stesso significato la perpetua non sapeva nulla e se le avessero parlato di un certo Lavoisier avrebbe risposto, Chi è? Un nuovo santo forse? Né poteva immaginare che, per intuito e in un certo senso d'utilità, gli fosse un poco imparentata. Perché aveva riformulato a suo uso e consumo i concetti di quella stessa legge.

Nulla le sfuggiva, niente andava perso, tutto si traduceva in chiacchiere di ciò che capitava entro i confini della canonica dove le sue orecchie erano sempre allerta, ventose che spesso si appiccicavano alla porta dello studio del signor prevosto quando la necessità di confermare l'enunciato di cui sopra lo rendeva necessario. Sapendo del vezzo, il sacerdote badava a che dalla sua bocca non uscissero mai riferimenti, confessionali o no, che avrebbero potuto allertare la sua domestica, ma il naso fino di costei, la vista lunga, l'orecchio magnetico la rendevano competitrice all'altezza di ogni sistema di difesa, tranne quando dormiva, la notte e nell'oretta post prandiale. Fu offrirsi su un piatto d'argento alla sua smania di controllo l'arrivo di Cletto Siromalli in canonica nella tarda mattinata, qualche giorno più tardi del decisivo chiarimento avvenuto nella crepuscolare cornice del lungolago lecchese tra lui e la Gioietta. Già la sola vista del vagheggino fu scossa per la perpetua che al solo scorgerlo raddrizzò la schiena, appianando una finta gobba frutto di un vizio di postura. Rara avis, avrebbe potuto dire se avesse memorizzato alcune delle espressioni latine che di tanto in tanto il sacerdote seminava qua e là. Si limitò a pensare: Guarda un po' chi si vede!

E subito dopo scartò l'ipotesi che il giovanotto fosse lì per chiedere, dietro opportuna offerta, qualche messa alla memoria del genitore, così che i suoi residui, peraltro pochi, peccati gli venissero abbuonati. Non c'era busta tra le mani del cicisbeo ma sulle labbra l'urgenza di conferire col signor prevosto.

O bella, si fa presto a dire urgenza!

Ma quale urgenza, corpo di un diavolo!

Di tanto era lei in un certo qual modo il primo giudice. E se avvertiva una certa forzatura nella richiesta, annusando mezze menzogne, aveva bella e pronta la risposta: «Il signor prevosto non c'è» che doveva spingere il postulante a spiegare almeno un poco la detta urgenza oppure a tacere, ringraziare e promettere di ritornare: nel qual caso i sospetti della perpetua si indirizzavano su segreti di famiglia, a volte torbidi, estranei alle strette competenze del sacerdote, più consoni invece alle sue doti di pacificatore, mediatore o consigliere. Materia, quest'ultima, che serviva alla perpetua per dare piena dimostrazione dell'enunciato vagamente imparentato con quello dell'ignoto Lavoisier.

Poiché di fatto in quella circostanza lei esercitava un compito preciso, quasi un diritto, si astenne dall'azione negatoria. In altre parole, non negò la presenza del prevosto, in effetti da circa un'ora nel suo studio, ma si limitò a rispondere: «Vado a vedere se può ricevere» poiché aveva di già elaborato il piano per svelare l'arcano. Se il sacerdote infatti avesse deciso di ascoltare il giovanotto non l'avrebbe fatto che lì, nello studio. E lei, applicando il metodo ventosa esperito con successo più volte, ne avrebbe carpite le chiacchiere. La stupì in un certo senso la patina di entusiasmo che il prevosto diede alle sue parole, invitandola a far passare celermente il Siromalli. Ragione di più per entrare in una condizione di massima ricettività, mentre il sacerdote rifletteva che le sue profferte a considerare la canonica quale luogo di conforto e consiglio fossero finalmente state prese in considerazione dal figlio del suo vecchio amico, il povero Erasmo. Si peccherebbe di verità se si annotasse che la mezzora che seguì fu deludente per entrambi, prete e perpetua, dopo un avvio decisamente avvincente, quando il Cletto chiese se ed entro quando avrebbe potuto ottenere i certificati di cresima e battesimo. Intuendone la ragione, il prevosto ripeté allegramente: «Cresima e battesimo? Ma bene!» così che anche le orecchie della sua perpetua accolsero quelle parole.

Seguì poi un chiarimento sui tempi burocratici, spiegazione che avrebbe potuto dare la stessa perpetua, ansiosa, al pari del sacerdote, più controllato però, di conoscere altro: nome e cognome di colei, nient'altro, poiché la richiesta del Siromalli non poteva che preludere a prossime nozze. A quel punto alla perpetua parve di essere stata colpita da improvvisa sordità o perlomeno da un grave calo delle sue capacità acustiche. Fu invece solo l'effetto del brusco cambiamento di tono che la conversazione tra i due serrati nello studio subì. Fu il Cletto ad abbassarlo drasticamente quando il prevosto chiese: «Abbiamo alle viste un matrimonio?».

Ma lieve, giocoso.

Per cos'altro il Siromalli necessitava di quei documenti?

Non potendo esimersi dal rispondere a una domanda così diretta il Cletto, che ancora faticava a vedersi nella specie dello sposo, borbottò: «Be', in un certo senso...» facendo sorridere il sacerdote che ritenne imbarazzo il ritrarsi anche nella postura dell'ospite.

«Te l'avevo detto che prima o poi, fin dai tempi di Adamo ed Eva!» esclamò allora cercando di richiamare il Siromalli dalla tana in cui sembrava essersi nascosto.

«E chi sarebbe la fortunata?» insisté. Non aggiunse, "Se posso sapere", poiché dava per scontato che avesse il diritto di chiedere e, di più, la certezza che la fortunata fosse del luogo, del paese. Non si sarebbe certo meravigliato se dalla bocca del Cletto fossero usciti i nomi di un paio di anime belle pronte per l'altare, come quello di Indugiati Caròla, la voce più cristallina del suo coro, oppure quello di Minerali Selvetta, una protetta della perpetua che l'aiutava quando in canonica giungevano preti da fuori.

Sbagliava invece.

Il Siromalli aveva pensato che, una volta chiesti e magari ottenuti all'istante i documenti, la faccenda fosse chiusa. Non si aspettava interrogatori e men che meno tranelli, quello soprattutto: rivelare al sacerdote il nome della Gioietta col rischio che poi lui, incontrando o parlando col collega di Castello di Lecco, mettesse a rischio le balle raccontate, innescando una reazione a catena. Si sarebbe trovato in un guaio di cui non riusciva a immaginare la portata. E la Gioietta, che il guaio ce l'aveva nella pancia?

«Non è di qui» rispose bofonchiando ancora di più per il dispetto della perpetua che inutilmente sondava la memoria recente, se mai qualcuno o qualcuna le avesse confidato parole su frequentazioni locali del figlio del povero Erasmo.

Il sacerdote aveva intanto risposto con un silenzio composto alla precisazione del Cletto, obbligandolo a ribadire l'affermazione.

«Di fuori, insomma.»

«Ho capito» rispose il prevosto.

Tanto gli era bastato per intuire che sarebbe stato inutile insistere. Ma giocando un'ultima carta, spiegando che i documenti richiesti chiedevano un certo tempo al fine di essere pronti: «E quando avresti intenzione di sposarti?» propose. Ottenne dell'altro fumo.

«Fra un po', vedremo» ribatté il Siromalli che a quel punto avvertì fuoco più che fumo, fuoco che pareva provenire dalla sedia sulla quale era seduto, tant'è che scattò in piedi perché: «Scusate, ma adesso dovrei proprio andare» disse.

E non concedendo tempo ad alcuna cerimonia ringraziò, salutò, imboccò la via dell'uscita lasciandosi alle spalle un prevosto più che perplesso. Per non dire della perpetua.

22

Pure al Siromalli la perplessità non difettava, massimamente quando, la sera a casa oppure in bottega, negli intervalli sempre abbastanza lunghi tra un cliente e l'altro, il pensiero del futuro che lo attendeva gli calava addosso conquistandogli la mente in un battibaleno. Ed erano i momenti in cui rifletteva vanamente che se avesse potuto tornare indietro a quella famosa sera di maggio avrebbe evitato di dare conforto alla Gioietta risparmiandosi così tutto ciò che era capitato e che ancora doveva. Ma indietro non si poteva tornare. E a proposito di risparmi c'erano alle viste altre belle sorprese. Toccò alla giovane presentargliele, scadenze che non si potevano rimandare: prima su tutte la data del matrimonio.

«Non oltre ottobre» gli disse un paio di settimane più tardi, la sera del giorno in cui, come fosse destino, il sagrestano gli aveva consegnato in bottega una busta contenente i certificati richiesti: un gesto con il quale il sacerdote aveva voluto sottolineare la sua delusione nell'essere stato trattato come fosse un estraneo e non l'amico e confidente del povero Erasmo, al punto d'aver voluto celebrare di persona il mattutino funerale. Al Cletto era sfuggita l'intenzione, non quella dello scaccino che aveva sostato un po' dentro al locale guardandosi in giro forse in attesa di una mancia per il servizio compiuto.

Il Cletto l'aveva liquidato con una domanda, «Serve qualcosa?», alla quale il sagrestano manco aveva risposto. Poi, intascata la busta, ne aveva guardato il contenuto solo più tardi, ricavandone l'ennesimo brivido.

«Ottobre?» ribatté lui.

Non era un po' presto visto che si era già a fine agosto?

«Tutt'altro» oppose la Gioietta.

Meglio ancora, infatti, settembre. E con intenzione si indicò l'addome in quel momento peraltro ancora del tutto piatto. Ma c'era ben altro in arrivo.

«Mia madre» disse la Gioietta inaugurando uno sconvolgente capitolo.

La Castica sorse nella fantasia del Cletto così come l'aveva vista quella prima e ultima volta: congestionata in viso, con il borbottare delle patate in sottofondo, nella penombra asfissiante della cucina di casa, un affresco mal riuscito di certi spaccati di vite miserabili di cui suo padre gli aveva dato lettura più volte: vite di carbonari, carceri austriache, impiccamenti e frasi epocali gridate all'aria prima di ricevere una fucilata. Tutte cose che, pur tenendole per sé, l'avevano fatto sempre riflettere di quanto fessi si poteva essere per preferire a una vita di comodità un eroismo che ti portava in galera o sottoterra.

«E cosa vuole?» chiese lui.

Voleva.

Ne voleva di cose anzi.

Senza chiedere aveva preso lei il comando delle operazioni relative al matrimonio. Per dirne una, ma senza che il Cletto lo dovesse sapere, era stata lei a dire che settembre sarebbe stato meglio di ottobre. Settembre garantiva ancora belle giornate, cieli azzurri, temperature gradevoli. Di ottobre ci si poteva fidare poco, piogge, cieli grigi, umidità, una cornice che avrebbe umiliato il ricordo di quella che per lei sarebbe stata la giornata più bella della sua vita.

«Non fa altro che dirlo» anticipò la Gioietta.

Che quello sarebbe stato il giorno più bello della sua vita dopodiché...

«Dopodiché potrebbe anche morire col cuore in pace» concluse.

E che il marito Savinio e lo zio Giusto si arrangiassero aggiungeva, facendo intendere che era stufa di servirli.

Il Siromalli a quel punto era sulle corde. Per chiacchierare i due avevano camminato un poco sul lungolago andandosi poi a sedere su una panchina, le spalle al monumento ai caduti, a poca distanza dalla foce del torrente Caldone. Un velo di sudore aveva acceso il viso della Gioietta, rendendolo ancora più affascinante, particolare e particolarmente invitante. Davanti a quel viso il Cletto si chiese da chi mai avesse preso quei tratti. Non certo dalla cagnesca ghigna della Castica e nemmeno, per quanto gli avesse dato solo un'occhiata, da quelli appena sbozzati del genitore. Che magari, stava pensando, la povera Castica, povera ma onesta! come aveva amato ribadire... Insomma, che si fosse concessa qualche siparietto mentre il Savinio impastava calcina o ammonticchiava mattoni? Oppure mentre, china e solitaria, sciacquava panni da qualche parte?

«Ma mi hai sentito?» si irritò la Gioietta.

Come no!

Cioè sì, un po', quel tanto che... quel tanto che bastò al Siromalli per chiedere: «Va bene, ma in sostanza cosa significa, che cosa vuole?».

La Gioietta assunse una postura pudibonda, chinò il viso, le fece gioco una mezza luna che sembrò poggiarsi sul vertice del capo.

«Ecco» principiò a dire.

23

E gratta gratta.

Non aveva fatto che grattare sempre lì, nel punto che gli anatomisti chiamano Inion. A furia di grattare al Siromalli era venuta anche una crosta. Staccata quella rimase una chiazza d'alopecia che fu per qualche giorno pensiero per il giovane, in grado di adombrare gli altri, quelli che però ritornarono con prepotenza quando una timida ricrescita lo pacificò: la sua magnifica capigliatura stava riconquistando l'integrità. E gli altri pensieri allora ripresero il dominio nella fattispecie di una fantasia che aveva un viso, un rumore d'accompagnamento, il blob blob delle patate in bollitura udito quel pomeriggio, un odore stantio, sgradevole, frutto di cattiva alimentazione e una bocca che sovrastava tutto, la bocca, il forno della Castica che sentenziava le regole del matrimonio officiato il quale avrebbe anche potuto rendere l'anima a Dio.

Erano i desiderata, dettati dai quali non si poteva prescindere, che la Gioietta gli aveva snocciolato uno per uno lasciando, tra l'uno e l'altro, un po' di tempo affinché li potesse digerire, assimilare e infine tradurre in denaro.

«Questo è quanto» aveva concluso la Gioietta.

E lui, illuso forse che tutto fosse solo un purparlé, una proposta, un'idea cui poter apportare opportune, e quanto opportune!, modifiche: «Va be'...» aveva borbottato.

Ma la Gioietta, la lancia della lingua in resta, attenta a che anche una minima obiezione le facesse sospettare di non essere stata più che chiara: «Macché va be'» l'aveva falciato.

Niente va be', il tempo del va be' era finito, dovevano pensarci prima. Quelle erano le condizioni, la Castica le aveva dettate, lei le aveva sottoscritte. Perché non c'era alternativa. O meglio c'era.

«C'è» aveva affermato la Gioietta, «ma.»

Doveva forse ricordargli che fine avrebbe fatto se... E soprattutto quando il segreto che aveva nella pancia si... Pensava forse che lei avrebbe sopportato di... Tenesse ben presente nel caso che... Ecco, l'avrebbe avuta sulla coscienza per l'eternità perché...

«Se non mi spiego, io... io!»

Lei avrebbe, come si diceva, tolto il disturbo, lago o veleno, veleno meglio di lago, sapeva bene dove la madre teneva la soda caustica quando doveva sgorgare il lavandino e spesso, anche, il cesso fuori, sul ballatoio. E magari lasciando una letterina d'addio senza dimenticare il nome di chi l'aveva ridotta a quel gesto! Dopodiché a ognuno i suoi rimorsi.

Così s'era spiegata la Gioietta. E al Cletto non era rimasto altro da dire se non: «Ma cosa dici, cosa ti viene in mente», pur avvertendo qualche nota di insincerità.

«E allora non perdiamo tempo, a settembre non manca mica tanto» aveva concluso la Gioietta.

Plurale maiestatis, consolatorio, non privo di un tocco imperativo ma soprattutto inutile. La faccia infatti avrebbe dovuto mettercela lui.

Era lui, no? l'uomo d'affari, il grossista di frutta e verdura, quello dal portafoglio sempre aperto.

Così, pensando ai debiti che ne avrebbe ricavato, il Siromalli ricominciò a grattare nel punto che gli anatomisti chiamano Inion.

24

VENDESI ATTIVITÀ allora. Meglio portarsi avanti, così rifletté il Siromalli certo del fatto che quel matrimonio gli sarebbe costato dei gran soldi, soldi che per inciso non aveva. Fare cassa era ciò che importava. Certo sarebbe stato meglio procedere a quel passo, vendere il negozio, e nel frattempo magari chiarirsi dove, in quale altro luogo del vasto mondo, lui e la Gioietta avrebbero avuto modo di realizzarsi quali agente di commercio e commessa di buon lignaggio. Ma tant'era, ormai era in ballo e il Cletto sperava, quasi credeva, che nel giro di pochi giorni più di un potenziale acquirente si sarebbe fatto avanti, attirato dal suo specioso avviso che peraltro fin dalle prime ore non sollevò che tiepide curiosità e ammonimenti dal vago sapore profetico.

Come mai e perché? Cosa avrebbe fatto poi? E non aveva pensato a suo padre, il povero Erasmo che probabilmente si stava rivoltando nella tomba? Con estrema serietà, senza ombra di scherno nel tono della voce, certo Venanzio Galimero che componeva manifesti e annunci presso la tipografia La Veloce, gli aveva fatto notare che forse sarebbe stato meglio scrivere SVENDESI ATTI-

VITÀ *stanti le condizioni del locale e la pochezza della clientela*. Alla lista si era infine aggiunta anche la vedova Viessò, scansata dai più poiché ritenuta di malaugurio a causa dell'abitudine di offrirsi nell'assistere gli agonizzanti, che parlava poco e per sentenze o proverbi.

Chi lascia la strada vecchia per la nuova... era stato il suo lascito dopo essere entrata nella bottega senza nulla acquistare poiché era una fedelissima della Privativa Cagnoletta.

Ben altro però impregnava la mente del Siromalli che, assillato dalla giovane, generosa di sguardi, mollezze, allisciamenti, si avviò per dare corpo al diktat della Castica relativo al fausto evento.

Il primo approccio fu con il fiorista lecchese Benvenuto Abbandonati e quasi subito il Siromalli ebbe il presagio di essere finito in un guaio ben più grosso di ciò che aveva fino ad allora immaginato. Fu quando pronunciò la parola parsimonia riferendosi all'addobbo della basilica lecchese di San Nicolò. E già, perché la Castica, nel suo delirio di grandezza e di rivalsa verso gli straccioni che beccavano nel suo stesso cortile, aveva d'un subito scartato la chiesetta parrocchiale di Castello di Lecco dedicata ai santi Gervaso e Protaso. Macché balle, macché storie! Quella chiesuola non aveva visto che cerimonie pitocche, le sue stesse mura parevano ammonire che la vita era cosa grama, i matrimoni lì celebrati avevano sempre avuto un sapore penitenziale. Lei in persona aveva reso visita al pacioso parroco don Abbondio per metterlo al corrente che non si doveva offendere se la figlia si fosse maritata altrove, considerando che non poteva essere altrimenti visto che il marito era soggetto di tutto rispetto.

Commerciante all'ingrosso di frutta e verdura!

«Senza nulla togliere a chi si sposa qui, ma capirete...» aveva lasciato cadere, facendo intendere che anche il celebrante avrebbe dovuto essere di grado acconcio.

«Sia fatta la vostra volontà» aveva risposto il sacerdote ben sapendo quanto fosse inutile discutere con la Castica a meno di non voler mettere mano a un vocabolario d'osteria del tutto alieno all'educazione del parroco e all'ambiente della piccola canonica.

La basilica di San Nicolò quindi. Che, però: «No» interloquì subito l'Abbandonati.

Non si poteva usare la parsimonia riferendosi a essa e agli addobbi. Non era regola scritta, semmai tradizione confermata dagli usi, ma trattandosi della basilica: «Non esistono mezze misure» avvisò il fiorista. E circa il costo, visto che il Cletto ne chiese subito conto, l'Abbandonati rispose che avrebbe potuto essere preciso solo a lavoro, e matrimonio, ultimati. Con logica stretta chiarì che per ornare la basilica avrebbe dovuto ordinare il necessario, mica si poteva pretendere che avesse sempre tutto pronto in bottega, e fresco soprattutto.

«Al momento e a garanzia dell'accordo, mi basta un anticipo, quale che sia» informò. Della cui cifra – una cifretta, non proprio spiccioli, ma quasi, d'altronde il Cletto, balbettando e sudacchiando, si giustificò, non sapeva, non immaginava, altrimenti... «Va bene così» lo interruppe l'Abbandonati che era di modi spicci – il fiorista prese nota su un'informale ricevuta. Il Cletto uscì dall'abboccamento col negoziante con una discreta lievità nell'animo e nella fantasia. L'anticipo che aveva lasciato era davvero poca cosa ma proprio perché il fiorista non aveva preteso altro gli era sembrato che avesse in sé un presagio di fortuna. E ne ebbe una fallace conferma pochi giorni dopo, due, tre, quando si preparava alla seconda tappa della sua missione, quella di incontrare il monsignore reggente della basilica di San Nicolò onde stabilire precisi accordi. Fu quando nella bottega si presentò un soggetto mai visto prima, di una eleganza non comune, papillon e completo di lino bianco stazzonato quel tanto che bastava. Non certo un cliente, pensò all'istante il Siromalli.

Infatti.

Si presentò come dottor Publio Della Morte, medico chirurgo, da Morbegno. Specialista in malattie della pelle e segrete, disse con tono allusivo, ed era alla ricerca di un ambiente idoneo a impiantare un proprio ambulatorio poiché sapeva che il nosocomio locale non si occupava di tale specialità e nel caso i pazienti, «Ma soprattutto le pazienti» aggiunse schiacciando l'occhio, erano costretti a dirigersi verso la città. Del suo locale in vendita aveva appreso dalla sorella, Arpaia Della Morte, moglie di Sigmondo Marmitta, fratello del consultore comunale per la viabilità. Ed era lì innanzitutto per dare un'occhiata, prendere visione insomma.

«Se non vi sono d'impiccio» disse infine aggirandosi per il locale.

«D'impiccio?» rispose il Cletto.

Ma che, scherzava? E: «Prego, prego, guardate pure con comodo» disse, sentendo che quel presagio di fortuna non era solo frutto di fantasia e contando quanto prima di informarsi, ma a chi avrebbe dovuto chiedere? Va be' non era quello il momento per pensarci, quanto potesse esigere per quel locale tenendo conto, *già, già*, che era destinato a diventare sede di ambulatorio, mica zucchine! Il Della Morte ispezionò per quasi mezzora, picchiando le nocche sui muri, i tacchi sul pavimento, sogguardando il soffitto come se ne dovesse trarre ispirazione. Il Cletto, per non disturbare il sopralluogo, cacciò pure una cliente, certa Donina Giumbola.

«Tornate più tardi, adesso sono impegnato.»

Quella, notando che il suo impegno stava tutto nel tenersi le mani dietro la schiena mentre il foresto girellava per il locale, manco gli rispose imboccando subito la direzione per la Privativa Cagnoletta. Fu il Della Morte a rompere il silenzio.

«Bene» disse. Voleva dire che prendeva e si poteva quindi passare a parlare di contanti? Nel qual caso il Cletto avrebbe chiesto un po' di tempo per informarsi sul valore.

«No» rispose quello.

Aveva detto bene, nel senso che aveva preso visione.

«E quindi?» insisté il Siromalli.

«E quindi vi farò sapere» fu la risposta.

Il Cletto fu lì per millantare una certa urgenza, mentire sul fatto di avere già possibili, altri acquirenti. Se tacque fu solo per non giocarsi il primo e mantenere intatto il presagio di fortuna col quale si accompagnò di nuovo a Lecco per prendere accordi con monsignor Aristo Davanzati, reggente della basilica di San Nicolò.

25

Il monsignore lo ricevette dopo un'anticamera di un paio d'ore, necessario tributo poiché il segaligno segretario di sua eccellenza gli aveva fatto presente che: «Monsignore riceve su appuntamento» e solo in casi particolari senza.

Se quindi il suo apparteneva alla seconda categoria...

«Lo è?» aveva chiesto lo scavato segretario forse con l'intento di averne notizia, magari intuire qualche torbido.

Il Cletto quella stessa sera avrebbe dovuto comunicare alla Gioietta una data, quale che fosse, purché settembrina. Aveva risposto: «Sì, lo è» senza specificare oltre.

Un po' piccato, il naso s'era fatto punta di becco, il segretario aveva risposto: «E allora vi toccherà aspettare ad libitum».

«Cioè?» aveva ribattuto il Siromalli.

Un sorriso di magre gote era spuntato sul viso del pretino che non mancò l'occasione per prendersi una piccola vendetta ripagando così l'ospite per la sua riluttanza a chiarirsi.

«Ad libitum, l'ho detto» ed era finita lì.

Due ore più tardi però Cletto Siromalli aveva infine inteso cosa volessero dire quelle due parole. Fu lo stesso monsignor Davanzati, ben altra pasta rispetto al suo segretario, a chiarirgliele.

«Mi spiace per la lunga attesa ma immagino che il mio segretario vi avesse annunciato che in questi casi tocca aspettare, quando non c'è appuntamento, un tempo variabile» disse accogliendolo nel suo studio.

«In un certo senso...» borbottò il Cletto.

«A ogni modo, ora siete qui, ditemi in cosa posso esservi utile» tirò dritto il monsignore predisponendosi all'ascolto e infine rispondendo.

Circa il matrimonio da celebrare lì in basilica a settembre non c'erano ostacoli di sorta, sempre che i futuri sposi non volessero espressamente lui come celebrante e non uno dei suoi coadiutori.

«No, no» rispose il Siromalli facendo intendere che per lui un prete valeva l'altro, purché la cerimonia fosse in settembre.

«E allora è fatta» sentenziò il monsignore. «Tranne un particolare.»

Una cosa che forse al Cletto sfuggiva ma non faceva specie non essendo cittadino uso a frequentare la basilica.

«Perché mi avete detto che venite da...»

«Bellano» ribadì il Siromalli.

Un sorrisetto fiorì sul viso del sacerdote cui quello del giovanotto rispose con una corrucciata mimica interrogativa.

«C'è qualcosa che non va forse?» chiese questi.

«Scusatemi» si affrettò il monsignore.

Ma il nome di quel paese gli aveva fatto immediatamente ricordare i *Promessi Sposi.*

«Vi sarà noto, immagino.»

«Come no» fece il Cletto. Il titolo gli era ben noto, avendolo sentito citare più volte dal genitore e lo stesso numero di volte avendo rinviato la lettura del romanzo che il povero Erasmo gli aveva consigliato per trarne educativo profitto. Oltre quello però c'era fitta nebbia. E il sorrisetto, proseguì il sacerdote, gli era nato spontaneamente pensando al *vecchio et ignorante barbiero di Bellano* che aveva convinto gli inviati del tribunale di sanità, di pari ignoranza e superficialità, che il flagello su cui indagavano non aveva nulla a che fare con la peste, effetto piuttosto dei fumi delle paludi e dei disagi dovuti al passaggio della barbarie lanzichenecca.

«Certo, certo» ammise il Cletto pressato dalla necessità di tralasciare quanto prima l'argomento.

Al monsignore sorse il sospetto che il giovane che aveva sotto gli occhi fosse degno compare del barbiero, d'altronde da quella stessa terra giungeva. Ma non aveva tempo né voglia di investigare.

«Torniamo a noi» tagliò corto, e riprese il discorso interrotto poco prima.

«Imprescindibile presenza per la riuscita della cerimonia è quella del famoso organista Venerato Venerati che accompagna all'altare gli sposi suonando magnificamente la marcia nuziale di Wagner» comunicò il monsignore. «Conoscete?»

Quale dei due? si chiese il Cletto. L'organista o la marcia? In ogni caso né l'uno né l'altra gli erano noti.

Umilmente, era pur sempre meglio evitare troppe bugie davanti a un monsignore, ammise l'ignoranza.

«Non ve ne pentirete» assicurò il Davanzati.

E naturalmente anche lui aveva un costo che avrebbe potuto saldare con tutto comodo a cose fatte.

«E sarebbe?» scappò detto al Cletto che non aveva messo in conto organista e marcia di quel tale.

«Non me ne occupo personalmente, definirete con lo stesso Venerati il compenso» concluse il monsignore.

E congedò il Siromalli allungandogli un santino con l'effigie di san Nicolò, patrono della città.

26

Cosa fatta capo ha!

Lo diceva spesso la Castica, ad alta voce, senza nemmeno lontanamente immaginare che in qualche modo stava citando l'Alighieri, quando portava a termine uno dei suoi tanti mestieri. Come quando tornava dal lavatoio, o terminava di stirare lenzuola e federe altrui o trasportava in casa tre o quattro bracciate di legna, rifiutandosi di farlo il marito poiché il Savinio riteneva quelli lavori prettamente domestici e per regola non scritta femminili, dal seminterrato che avevano in comune con i vicini.

Oddio, lo diceva anche quando, dopo tre o quattro giorni di tentativi senza alcun risultato, rientrava dal cessetto sul ballatoio con un viso sul quale le couperose rosseggiavano i propri sentieri in conseguenza degli sforzi fatti onde raggiungere il beneficio corporale.

Quindi, a imitazione della madre, Cosa fatta capo ha, s'era detta la Gioietta quella mattina, pure lei inconsapevole di citare il sommo poeta. L'aveva fatto piuttosto scoprendo che le sue regole erano tornate a visitarla, e l'esclamazione materna le era sorta in mente.

Cosa fatta capo ha!

Si prese solo qualche istante per riflettere che se avesse saputo che le cose sarebbero andate così lei e il Cletto avrebbero potuto prendersi più tempo. *Ma fammi indovino e ti farò re!*

Invece, *cosa fatta capo ha!*

Quindi, sebbene il motivo di affrettare il matrimonio onde evitare scandali s'era disciolto con l'avvisaglia di quelle prime gocce di sangue, ciò che era fatto era fatto. Nel senso che la macchina organizzativa era ormai partita, la data fissata, il fiorista avvisato, la cosa era insomma al traguardo, non mancava che un particolare e le era sembrato del tutto inutile avvisare il Cletto di quel corrusco segnale alla luce dei fatti irrilevante: un ritardo che l'aveva ingannata, tutto lì.

Saperlo l'avrebbe solo scombussolato, povero Cletto!, con tutto il daffare che aveva in quei giorni. Che restasse fermo nel suo proposito invece, concentrato su ciò che restava da fare e concludesse l'operazione. Non mancava che un particolare, dopodiché sì che si sarebbe potuta ripetere a piena voce: «Cosa fatta capo ha!».

27

Particolare un paio di balle, rifletté il Cletto ma lo tenne per sé.

«Dobbiamo proprio?» chiese piuttosto.

«Pensavi forse di farne a meno?» rispose la Gioietta che aveva in viso qualche rughetta di origine ansiosa sfuggita al giovanotto. «O te n'eri dimenticato?»

Dimenticato?

Ma se era ormai un incubo che lo perseguitava non solo di notte ma anche durante la giornata!

No, non si era dimenticato che dopo la cerimonia si sarebbe dovuto celebrare un pranzo di nozze.

Ma, circa il dove, aveva bisogno di tempo per decidere. Senza dimenticare, fece dolcemente notare la giovane, che tutto doveva essere in linea con il fasto di fiori, basilica e wagneriana marcia nuziale. La Castica, infatti, non si aspettava niente di meno.

Due ambienti acconci alla cornice della giornata c'erano in paese, il Grand Hotel Tommaso Grossi e il ristorante Cavallo Bianco, ma i rispettivi proprietari, cavalier Augusto Mendicoli il primo e Sigismondo Hauer l'altro, di prussiana discendenza, conoscendolo per fama mai gli avrebbero dato credito oppure avrebbero preteso un congruo anticipo o addirittura il saldo anticipato. Bisognava andare oltre confine e al Siromalli parve una buona mossa recarsi in quel di Varenna dove il Grand Hotel des Nobles era appena stato degradato a semplice hotel, tant'è che l'aggettivo che lo diceva grande era stato occultato sotto una mano di fresca biacca mentre i sedicenti nobili che l'avevano frequentato fino a un paio d'anni prima o erano stati ghigliottinati oppure avevano preso le strade dell'esilio.

Sta di fatto che il Cletto scegliendolo ritenne di poter chiudere il cerchio con onore e che la Castica avrebbe avuto di che soddisfare la propria vanità in un posto siffatto, benché il sangue blu scorresse altrove, non fosse per il sol fatto di uscire dal suo tugurio e raggiungere una località mai visitata in precedenza.

La carta che giocò, presentandosi al fresco di nomina direttore dell'hotel, pure lui cavaliere del Regno Rolando Senzaposa, fu quella della fame: fame di costui, s'intenda bene, che era impegnato nel rilanciare il nome dell'hotel e temeva che un anno di gestione in perdita, dopo il primo con altro direttore, l'avrebbe consegnato al pari del predecessore a un licenziamento in tronco.

«Pranzo di nozze?»

«Come no!» rispose il Senzaposa contenendo a stento l'entusiasmo. Fino ad allora se li era visti soffiare dagli altri hotel, Marchionni, Du Lac, Riviera tanto per citare i più ambiti da sposi novelli e invitati. E a tal proposito: «Quanti saranno gli invitati?» chiese premuroso il Senzaposa.

Mica ci aveva pensato il Siromalli. Era passato, rispose,

giusto per avere informazioni. Innanzitutto, se c'era la disponibilità visto che ormai le nozze erano alle viste, mancava poco poco insomma.

«C'è» garantì il Senzaposa che pur di non perdere il cliente si sarebbe inginocchiato pregando. E poi, ma giusto così proseguì il Cletto, per farsi un'idea di un altro aspetto della faccenda: «Sul costo, sulla spesa».

«Dipende appunto dal numero degli invitati» commentò il cavaliere. Che però, allo scopo di non vedersi soffiare per l'ennesima volta l'affare, si fece garante di onestà.

«Il prezzo è modico, vedrete, e non fa conto adesso di preoccuparsene. Prima saprò comunque quanti sarete, prima sarà meglio per me onde preparare per bene l'evento.»

D'accordo, modico il prezzo. E tanto più modico sarebbe stato quanto ridotto al minimo il numero dei presenti.

«O no?» fece il Siromalli il giorno seguente mettendo al corrente la Gioietta.

«Certo» concordò lei, pallida e afflitta per via delle sue regole.

Ma al sospettoso «Cos'hai?» del giovanotto, «Che vuoi, è la tensione no?» rispose.

Ormai mancavano un paio di settimane al matrimonio! Facile da capire che fosse tesa.

«Non so come sia per voi uomini ma per noi donne il matrimonio è il momento più importante della vita. Non è una passeggiata insomma» sentenziò lei.

«Va be'» passò oltre lui ansioso di riprendere il computo degli ospiti ribadendo il concetto di poco prima: quanti meno erano, tanto meno...

«O no?»

«Certo» ribadì pure la Gioietta.

«Quindi facciamo i conti» propose lui.

Che per quanto lo riguardava era cosa più facile a dire che a fare.

«Perché io sono uno, marito cioè e anche invitato ed è finita lì.»

«E del tuo testimone cosa farai, arrivederci e grazie?» indagò la giovane.

«Nemmeno per idea» rispose il Cletto.

Però, al fine di contenere numero e costi, aveva ben pensato che in qualità di orfano avrebbe potuto chiedere al di lei padre di prendersi quel ruolo, così che su una sedia poggiassero due ospiti riuniti in un sol uomo. In pratica una bocca in meno da sfamare.

«Astuto» disse lei poco convinta.

«Invece tu?» volle sapere il Cletto.

Invece, invece...

«Insomma» principiò lei, addolcendo lo sguardo, facendosi gattina. Sapeva no? com'era sua madre. Doveva ricordare ciò che gli aveva detto quel pomeriggio riguardo al giorno delle nozze, giorno passato il quale sarebbe potuta anche morire...

«Ma sì, ma sì» la interruppe lui, lo ricordava eccome, tant'è che aveva fatto voti, ahilui non ascoltati, perché morisse prima. «Quindi?»

«Quindi...» riprese la Gioietta.

Per quanto, ben sapendo le acque difficili in cui si navigava, lei avesse tentato di arginare l'euforia materna, raccontandole che il bon ton prescriveva intimità il giorno delle nozze al fine di evitare che un eccesso di invitati lo trasformasse in una volgare festa di popolo, non aveva potuto che accettare le sue non negoziabili proposte sugli inviti.

«Quanti sarete?» la interruppe il Cletto, le dita già pronte a conteggiare.

«Non molti» pigolò lei, «cioè, volevo dire, quanti bastano, e insomma...»

«Quanti» scappò senza interrogativo al Cletto.

E la Gioietta, contandoli a sua volta sulla punta delle dita, ne elencò i nomi.

Il padre, la madre e lo zio Giusto, pollice, indice e anulare. Poi, il quarto e il quinto dito destri, Ginotta Sanfedele e Dolorina Sintesi.

«E chi sarebbero se è lecito?» chiese il Cletto.

«Due...» s'imparpagliò Gioietta. Perché per definirle bene sarebbe stato onesto dire che erano due bestie arcane tanto miti d'aspetto quanto velenose nell'animo. Vicine di casa, già autrici di romanzetti sulle sue uscite serali che la Castica aveva imbesuito con le ben note balle. Lasciarle a casa avrebbe significato farsele nemiche per la vita: invece coinvolgendole nello sfarzo della giornata avrebbe dato loro il modo di spargere il veleno altrove, provocando invidie e gelosie, il tutto a maggior gloria della Castica.

«... amiche di famiglia» concluse la Gioietta, poi sollevando la sinistra per proseguire il conteggio e provocando una reazione del giovanotto.

«Ancora?»

Ma porca...

«Tre sole» lo fermò lei.

La testimone innanzitutto, Dioscura Invernati, vicina di filiera all'opificio, il pessimismo cosmico fatto operaia che aveva accettato rispondendo che solo così, vedendola con i suoi occhi, avrebbe creduto che lei sarebbe riuscita a salire all'altare con il grand'uomo che aveva accalappiato. E poi Tomina Maldonati e Scarica Oberò, due cervelline pari a lei, la testa piena di divi, stelline e baci alla francese.

Il Siromalli guardò le ultime due dita, inoperose. Esattamente dieci commensali, compresi loro due. Tanti erano anche i giorni che mancavano al fausto evento. Mica si sfuggiva al calendario, al tempo, nemico ora come mai prima.

28

«Ma bene, bene» proruppe il Senzaposa vedendo ritornare il Cletto. Aveva in verità temuto che il giovanotto si fosse fatto abbindolare da altri ristoranti, massimamente da quelli che lì in Varenna gli avevano soffiato, per non parlar di cresime, battesimi e comunioni, un matrimonio dopo l'altro. Non è da dire quindi la soddisfazione con cui se lo rivide sotto gli occhi, un poco ridimensionata dalla domanda che bruciava sulla lingua del Siromalli.

Quanto costava il tutto visto che in tutto, sposi compresi, erano in dieci?

Il Senzaposa, impeccabile nell'abito nero, appena appena lustro sui gomiti, e farfallino, si permise una smorfietta di superiorità: però simpatica, come volesse dire, dopo, abbiamo tutto il tempo per abbassarci a questo, i conti della serva proprio adesso?

Il ruolo gli impose di rispondere.

«Dipende.»

Il Cletto assentì.

«Dal numero degli invitati, lo so, già me l'avete detto. Saremo dieci in tutto come vi ho testé comunicato. E quindi, quanto mi costerà?»

Dieci.

Quello era il numero corrente per un pranzo di famiglia o cena di qualche ufficio che festeggiava promozioni. Tolti gli sposi, otto invitati per un matrimonio era cosa che sembrava quasi clandestina. Sfiorata quella verità senza però acchiapparla, il direttore si proibì altri pensieri. Non era nelle condizioni di fare lo schizzinoso, gli toccava tenersi stretto tutto ciò che gli capitava tra le mani, mercé il bilancio asfittico.

«Dipende» rispose ancora aggiustandosi il farfallino che s'era inclinato in senso orario.

«Dipende, ancora?» sbottò il Siromalli.

«Ma certo caro signore. Dipende dal menu!»

«Che sarà mai!» ribatté il Siromalli.

«Un matrimonio è un matrimonio» sentenziò il Senzaposa: perché d'accordo avere l'acqua alla gola ma lui era pur sempre direttore d'hotel e, detto senza vanità, anche cavaliere del Regno.

Quindi se lo voleva seguire nel suo ufficio gli avrebbe mostrato cosa poteva offrire ai suoi ospiti per l'occasione del gioioso evento.

«Ed eccolo» disse poi mostrando un foglio di quaderno compilato a mano ma assicurando che, decise le portate, il tutto sarebbe stato riscritto su eleganti pergamene.

«Con tanto di data delle nozze, per indelebile memento» sottolineò.

«Va bene» si affrettò a rispondere il Cletto col tono che sottintendeva, *Capirai!* «Vediamo, su.»

«Ma subito!» si accinse all'opera il Senzaposa. «Come piatto d'entrata un bel consumato semplice, più noto forse come consommé.»

Sbagliava chi lo riteneva ancora il classico rimedio delle nonne, rimedio carminativo o l'ultima cena degli agonizzanti, si precipitò a chiarire: chi si intendeva di cucina, ne praticava l'arte e ne seguiva i progressi, sapeva che ormai era un tocco chic...

«Perdono, schicche...» cioè elegante, che spesso anche sulle tavole più nobili anticipava il primo piatto a esso preparando stomaco e budella.

«In alternativa ci sarebbe del cuore di maiale in zuppa ma lo sconsiglierei per il sol fatto che non fa un bel sentire e inoltre sazia troppo» commentò il Senzaposa poggiandosi una mano sullo stomaco quasi avvertisse il peso del suino.

«Va bene, avanti» mormorò il Cletto.

«Avanti col primo piatto allora che avrei individuato in maccheroni spezzati col basilico. Basilico conservato naturalmente vista la stagione ma ugualmente odoroso. È piatto di sostanza che, come dire?, comincia a soddisfare gli appetiti ma nulla toglie a ciò che viene poi.»

Dell'anitra con le lenticchie.

«Lenticchie?» sbottò il Siromalli.

«Lenticchie, sissignore, con l'anatra. Specialità della casa.»

Che nessun altro ristorante o hotel o anche banale trattoria poteva offrire sull'intero lago, piatto di cui si faceva garante riguardo al successo avendolo appreso, e poi praticato, grazie al padre cacciatore e alla madre, cuoca di rara fantasia che l'aveva raffinato a partire da una ricetta appresa da una vicina di casa, Particola, sorta di maga in proprio, esperta di erbe medicinali e velenose, sopraffina conoscitrice di funghi che aveva soppresso il marito avvinazzato servendogli un'insalata di Boletus satanas ragione per la quale allo stato si trovava in carcere nel bobbiese.

«E infine si chiude con frutta di stagione, mele e fichi secchi o a scelta composta di castagne, di uva moscatella, anche una marmellata di pomidoro. E poi, ecco, dimenticavo» concluse il Senzaposa, «vino locale e acqua di fontana.»

«Capisco» riprese vita il Cletto.

Adesso quindi poteva osare chiedere quanto?

«Direi che con un cinquanta, cinquantacinque lire al massimo, dipende...»

«Ancora?»

«Lasciatemi dire, dipende dal consumo di vino. In ogni caso, come dicevo, cinquantacinque lire al massimo, e il gioco è fatto.»

L'espressione di sorpresa che comparve all'istante sul viso del Siromalli allertò all'istante il Senzaposa.

«Non fraintendetemi signore» corse ai ripari, il palmo delle mani già in sudore.

Ciò che intendeva era pro capite, a testa, a cranio insomma.

«Siamo d'accordo?» chiese il Senzaposa.

No, rifletté il Cletto, ma ormai tant'era, era nell'angolo, nel quinto addirittura in una stanza di soli quattro.

«Allora, qua la mano» allungò il braccio il cavaliere del Regno, non prima di essersi asciugato il palmo sulle terga.

Molle la stretta di Cletto Siromalli, scuro nel viso e nelle previsioni. Fuori la sera era calata.

29

Agosto, dice il proverbio, giù il sole è fosco, e si era confermato anche quell'anno. E dopo il fosco, il buio. Esattamente come buio, troppo!, era il suo negozio. Così gli disse la mattina seguente Arpaia Della Morte, sorella del supponente medico che l'aveva visitato, ambasciatrice delle parole del fratello e con un certo fare come se condividesse lo scibile del fratello. Non entrò nemmeno nel locale, parlandogli dalla via, lui sulla soglia.

Appunto, buio.

«Non proprio l'ideale per diventare un ambulatorio dove chi è già afflitto da qualche male dovrebbe trovare luce.»

La luce della speranza!, aggiunse con fare svolazzante.

E poi non solo buio.

«Piccolo» proseguì l'Arpaia.

Tale da non poter considerare di dividerlo in due settori uno da dedicare al pubblico e l'altro invece al segreto del rapporto tra medico e paziente.

Infine: «Esposto».

«Esposto a cosa?» sbottò il Siromalli.

«Ma agli sguardi di coloro che abitano qui nella viuzza o vanno per negozi. Sguardi curiosi anziché no.»

Dimenticava forse il Siromalli che il suo fratellino, minore infatti, di un anno appena ma comunque minore... che il suo fratellino si occupava anche di certe malattie «Segrete» sibilò l'Arpaia, «sulle quali la gente pettegola avrebbe di che speculare?».

Ciò che serviva era un ambiente un po' discosto, lontano da occhi indagatori e malelingue. Infine, quindi: «Buio, piccolo, esposto».

E il Della Morte gli mandava a dire che si poteva ritenere libero da impegni nei suoi confronti e nella piena disponibilità di cedere ad altri il suo negozio.

Come ci fosse la fila, fu il pensiero del Siromalli guardando l'Arpaia che se ne andava a mani vuote sapendola cliente affezionata del Cagnoletta e della sua frutta e verdura *fresca come se fosse appena colta*, secondo l'abitudine che aveva il suo concorrente di definirla. Sparito alla vista il culo basso dell'ambasciatrice, il Cletto rientrò e, forse per suggestione, gli parve davvero che l'ambiente fosse piccolo e buio come mai aveva notato prima. Esposto? Va be', d'altronde, trattandosi di un negozio... Ma soprattutto era un po' troppo vuoto essendo un esercizio pubblico. Questione di un giorno ancora e qualcosa l'avrebbe colorato, il dì seguente, giovedì di mercato, il Fricariello l'avrebbe rifornito coi suoi avanzi. Magra consolazione, perché dal venerdì di magro sarebbe cominciato il conto alla rovescia verso il traguardo di un matrimonio già pieno di debiti ancora prima di essere consumato...

Cioè, si fa per dire... ragionò tra sé il Siromalli.

Insomma, ecco, va be'.

E la chiuse lì.

30

«Adesso potrei morire» disse la Castica.

«Magari non proprio qui» rispose sorridendo la Gioietta, intendendo che non le sembrava il caso di lasciarsi giù e per sempre sul marciapiede della stazione di Varenna.

«Nel caso meglio domani» bofonchiò il Cletto sposo da poche ore, la mano destra infilata a grattare il fondo, vuoto, della tasca del pantalone. Aveva quasi paura di guardarla quella mano che aveva stretto l'analoga del fiorista Abbandonati, dell'organista Venerati e del cavaliere del Regno Senzaposa a titolo di ringraziamento e a garanzia che avrebbe quanto prima saldato i debiti con tutti e tre.

Ma, con che cosa?

Non certo con il sorriso scomposto con il quale la Castica l'aveva abbracciato dopo la cerimonia, alitandogli in viso, cipolla: «Adesso è tutta tua!».

Bell'affare, aveva pensato lui.

Nemmeno con l'anodino: «Be', giovanotto, ormai è fatta» masticato dal Savinio, che l'aveva poi guardato con un viso ridotto a pagnottone, come non avesse compreso ciò di cui era stato testimone.

Non con i trilli e i frizzi delle due, cretine invero, amiche della sposa, vergini forse che sì o più probabilmente no, furbe però che, c'era da scommettere, s'erano date purghe il giorno prima e il giorno avanti ancora, tanto da avere uno stomaco pari a un carrettiere.

Non con lo stupore della Dioscura, l'altra testimone, che aveva seguito l'intera cerimonia nell'attesa che qualcosa la mandasse all'aria, incredula ancora che i due si fossero davvero detti sì e aveva messo su un viso cui mancava un nitrito per essere in tutto simile a quello di un cavallo bolso. E nemmeno con il silenzio composto delle due gazzettine imposte dalla Castica, deputate a spargere invidie e gelosie, che s'erano tenute pudicamente ai margini insieme con lo zio Giusto, un ghigno fisso buono per tutte le stagioni. Adesso correvano lacrime in attesa dell'accelerato che avrebbe riportato l'intera compagnia, tranne i novelli sposi, in quel di Lecco. Non c'era da stupirsi perché tutti, nessuno escluso, avevano approfittato con larghezza del vino locale dal cui consumo dipendeva la definizione ultima del costo a cranio, lasciando l'acqua di fonte nelle brocche e dopo l'euforia che aveva dominato a tavola ora, mercé il sole settembrino ancora caldo, si stava facendo largo il tratto malinconico del dopo sbronza. Lacrime, sbadigli, qualche singhiozzo. Il solo zio Giusto, pure lui si era abbeverato a ufo fornito di cannuccia, stava seduto su una panchina abbandonato al sonno. Il campanellino stava avvisando che ormai il treno era in arrivo, la Gioietta aveva stretto in un abbraccio Tomina Maldonati e Scarica

Oberò, le due compagne di lavoro, da quel momento ex: beata lei infatti che aveva sposato un grossista di frutta e verdura e poteva dire addio all'opificio! Poi passò al padre che nel frattempo aveva rimesso in piedi lo zio Giusto e se lo teneva stretto, baciò la Dioscura ancora non del tutto convinta e le due gazzettine tra loro già in fase di commento sulla giornata e tornò alla madre che ad alta voce aveva appena dichiarato che sarebbe potuta morire lì tant'era la soddisfazione per quelle nozze.

Il Siromalli salutò distrattamente, pensando alle tasche vuote e ai conti che prima o poi avrebbero chiesto soddisfazione. A causa di quei pensieri e anche per l'agitazione che percorse il pollaio quando il muso del treno sbucò dalla galleria, non colse la richiesta della Castica di andare prima o poi a casa dei novelli sposi, dimora che ancora non aveva visto.

«Ma certo» rispose la Gioietta orripilando come quasi tutti allo stridere dei freni del convoglio.

Ma certo, come no!

Le desse giusto il tempo di conformarsi alla sua nuova condizione, un poco di pazienza, dopodiché...

31

Tomina Maldonati e Scarica Oberò passarono l'intero viaggio di ritorno ridendo scioccherelle al pensiero della notte, la prima dalle nozze, che attendeva i due. Vergini ancora là dove contava ma non del tutto prive di un sapere attinto nel buio di un portone oppure occupando un angolo di corti addormentate, discussero se già, e non erano che a Mandello, la Gioietta si fosse piegata al dovere della moglie oppure stesse temporeggiando, così, tanto per, come si usava dire, fare ben bene la punta alla matita. Ma la punta la Gioietta stava tentando di farla alla propria lingua e non per altro uso se non decidersi a parlare e sputare il rospo senza dover attendere che fosse il Cletto, marito ormai, a chiederle come mai l'addome non desse segno di ciò che sotto, dentro, le stava maturando.

L'ingresso in casa dei due sposi era stato assai poco memorabile. Davanti il Cletto le mani in tasca a grattarne il sempiterno vuoto, memento, chiodo fisso, spina. E dietro lei, lasciando fuori l'esile ombra del tramonto per oscurarsi alla vista di quell'abitazione esigua di cui, alla madre, a titolo di informazione aveva detto, a mo' di descrizione e per cavarsela: «Vedrai!» due volte. «Vedrai, vedrai!»

Ma quando, e quando mai, e cosa avrebbe visto?

Comunque la precedenza adesso stava in ben altra cosa, sputare il rospo e tanto valeva prendere il toro per le corna. Erano ormai seduti da mezzora, l'uno di fronte all'altra, e silenziosi, il Cletto prigioniero di un unico pensiero, la fresca moglie a cercare la parola adatta ad avviare la confessione che infine individuò nella banalità di chiedere: «Hai fame?».

Fame? rispose il Cletto con lo sguardo. Che fame poteva mai avere!

«Perché, tu sì?» domandò a sua volta.

«No...»

«E allora!» sbottò il Siromalli aspro anziché no.

«O insomma, si può sapere che cos'hai?» reagì lei.

«Non te lo immagini?»

Certo che se lo immaginava! Ma una cosa alla volta, rifletté la Gioietta: doveva approfittare dell'occasione che lui le aveva offerto per avviare la confessione.

«Vedrai che tutto si sistemerà» rispose.

«E come?» replicò, decisamente duro adesso il Cletto, irritato dalla banalità della rassicurazione.

Come, ad esempio, quella tal faccenda, disse la Vendoli sfiorandosi l'addome. Ma da seduta, così che al Cletto sfuggì il gesto. La fronte del Siromalli si adombrò, del tutto ignaro di ciò che la Gioietta intendeva.

Ma: «No, no, via quelle rughe, basta» ordinò lei. Aveva una buona notizia da dare.

«E dammela allora!»

«Non capisci?»

«No, non capisco. È grave? O forse hai trovato i soldi per pagare i conti che arriveranno?»

Dal cielo forse le avevano mandato la dote mai avuta o aveva ricevuto un'eredità improvvisa?

«Be', troppa grazia mio caro, non credi?»

«Ocristo, Gioietta!»

Non era proprio il momento di parlare per enigmi. Si voleva spiegare?

«È stato un falso allarme» disse lei alzandosi e ripassando una mano sull'addome piatto. La girò in senso antiorario, sgranando gli occhi. Attendendo una reazione da parte del giovanotto.

«Capisci adesso?» chiese infine.

Adesso sì. Adesso il Cletto capiva. Capiva eccome.

«Un falso allarme» masticò.

«Una buona notizia no»? sorrise allora lei.

Il Cletto fu lì per associarsi al sorriso ma d'un subito si contrasse. Un sospetto improvviso, la Gioietta aveva ancora quegli occhi da bambolotto, glielo impedì.

«Era...» insinuò allora, «era poi vero?»

Altrettanto repentino il viso della Gioietta prese il colore del rosolio, memento della Castica incazzata o rosolata dal fuoco della stufa. Lo sguardo si ridusse a una rima fulminante.

«Vorresti dire che...» sospese artatamente. La diva che era in lei sapeva che quello era un momento topico: stupore sdegnoso prima, solo poi, eventualmente, lacrime.

Il Siromalli stava pensando proprio quello. Bugia più bugia meno non avrebbe fatto meraviglia se la Gioietta gliel'avesse contata giusto per rendere improcrastinabile il matrimonio seguendo i dettami della madre.

«Te lo sei inventato?» insisté.

«Io?» ribatté lei, il capo esteso, la dignità ferita, il tono che le usciva quando litigava con la Castica, nel pensiero la fantasia di chiudere la questione come faceva con sua madre, scrollando le spalle e uscendo di casa sbattendo la porta: aveva sotto gli occhi tutta la scena. La scena madre, più volte recitata in casa Vendoli. Ma per andare dove poi, adesso che era lì?

«Piuttosto tu!» rilanciò allora.

«Io?» ghignò il Cletto.

Mica era stato lui a dire di essere in stato interessante!

«Non dire sciocchezze» lo riprese lei, non aveva più voglia di sorridere, scherzare. Se colpa c'era, non era certo a lei che andava intestata.

Intendeva riferirsi a quella prima bugia, l'origine di tutto, quella che aveva innescato ogni cosa e di cui lui era responsabile. Il gorgo, parola che le venne su come un rigurgito, il gorgo dove l'aveva trascinata.

«Be', se è per quello direi che non mi è costato una gran fatica» invelenì il Cletto.

O forse la sfinita segretaria del direttore se n'era già dimenticata?

La Gioietta accusò il colpo, tacque, tornò a sedersi. Fuori era ormai buio, nella cucina ancora di più. Normale, erano le nove di sera secondo il campanile. Le nove della sera, avevano appena concluso il primo litigio della loro vita e non erano sposati che da una decina di ore.

32

Le nove di sera, il ragionier Aristide Cuticola stava risalendo il lungolago per tornare a casa dopo la passeggiatina, inframmezzata da una pisciatina nel fiume. Dipendente della locale filanda, era un noto posapiano con tratti ossessivi per certi aspetti della vita, quali gli orari di pranzo e cena e le serotine passeggiate. Scapolo, viveva con la sorella Cenacola, ben più pelosa di lui. Fischiettava in quel momento, sollevato dall'essersi alleggerito e godendo dell'aria ancora tiepida benché settembre fosse prossimo a finire. Mica se l'aspettava di essere fermato da un perentorio: «Dite» che scaturì dal buio mentre non mancavano che una ventina di passi per raggiungere la piazza.

Si fermò tremando al pensiero che qualcuno l'avesse visto mentre si scaricava nel fiume e volesse stigmatizzarne l'inciviltà del gesto o, peggio ancora, che quella voce uscisse dall'aspra gola della guardia notturna che, seppur non aveva licenza di elevargli multe di sorta, poteva comunque riferire tanto in basso, nelle osterie, quanto in alto, presso la municipalità, ledendone l'onorabilità. Si fermò dunque e comunque elaborando una scusa pronta all'uso, quale la confessione che non era sua abitudine comportarsi così ma aveva dovuto cedere, vinto da incontenibile bisogno. Quando la voce si fece corpo davanti a lui ebbe motivo per tranquillizzarsi, il soggetto non era né compaesano né guardia notturna. Ma subito dopo ebbe di che temere che comunque un guaio quale che fosse era alle viste. L'aspetto dell'individuo inquietava infatti: alto, grosso, piazzato, pelato, le maniche della camicia arrotolate fino ai gomiti, uno sguardo lanciato all'intorno, né scusate né buonasera. Nell'istante in cui gli occhi dello sconosciuto si fissarono nei suoi il figuro risolse l'enigma della sua presenza lì e a quell'ora.

«Dov'è che abita Siromalli Cletto?» chiese.

In verità non si trattava d'altri che del fiorista lecchese Benvenuto Abbandonati la cui complessione fisica ingannava rispetto a un carattere tutto sommato conciliante e che, tra i creditori del Siromalli, fu il primo a mettersi in campo approfittando di un'occasione: dovendo infatti fare delle consegne a Lierna, aveva deciso di allungare la strada e con in tasca il conto del Siromalli aveva raggiunto il paese. Parcheggiato il suo biroccino sul lungolago aveva approfittato del primo incontrato per chiedere.

Alla domanda il Cuticola rispose d'impeto: «Non c'è» spiegando subito dopo che la viuzza dove il Siromalli abitava era allo stato priva di nome. Ma dalla posizione dove i due si trovavano non era difficile trovarla, tant'è che il fiorista comprese al volo, avviandosi dopo essersi scusato per il disturbo, aver ringraziato e lasciando il Cuticola a baloccarsi con l'idea di fare romanzo di quell'incontro al buio a tutto beneficio della Cenacola alla quale, stante la perentorietà delle convinzioni fraterne e la limitatissima esperienza del mondo di lei, potevasi con tranquillità far credere di aver visto asini volare. Tuttavia pur avendo individuato la porta di casa Siromalli all'Abbandonati non riuscì di trovare i padroni di casa. Pur bussando e ribussando, qualificandosi a un volume tale da poter essere inteso anche oltre il legno della porta, nessuno gli rispose convincendolo infine a desistere. E fu quest'ultimo un suo, pur involontario, errore. C'erano i due. Ma al sentirne il nome al Cletto non sfuggì, pur nella stranezza dell'orario, il motivo per cui il fiorista era lì fuori. Alla Gioietta, che lo guardava un po' curiosa e un po' inquieta, fece cenno di stare zitta, ferma, immobile. Il buio che regnava in cucina, visto che stavano per recarsi a letto, giocò a loro favore. L'Abbandonati insisté ancora un poco dopodiché decise di andarsene giudicando però di non aver fatto un viaggio a vuoto. Infatti, presa la busta col conto, la infilò sotto la porta. Non solo ma anche, benché a sua insaputa, sotto gli occhi dei due che la videro spuntare, ambasciatrice che portava pene, messaggera che tempi duri erano alle viste. Giusto il tempo che andava concesso a un onesto viaggio di nozze.

33

Così infatti aveva detto e garantito il Siromalli al cavaliere del Regno Rolando Senzaposa quando quest'ultimo, terminato il pranzo di nozze, gli si era avvicinato esprimendo i propri auguri di futura felicità e, con un sorriso d'occasione, scusandosi se approfittava del momento per parlare del saldo. Al Siromalli la fregnaccia era uscita con ammirevole spontaneità.

«Mi farò vivo non appena tornato dal viaggio di nozze.»

«Certo, come no» aveva risposto il Senzaposa abboccando, e aggiungendo agli auguri appena fatti anche quelli per una gradevole luna di miele. Facendo però anche conti sulla probabile durata di detti viaggi. Non ne aveva esperienza, tra l'altro essendo celibe, ma, seppur empiricamente, aveva stabilito che sette, dieci giorni fossero il massimo che una giovane coppia si potesse concedere. Passati i quali era cominciata l'attesa, compagno in ciò del Siromalli che insieme al Senzaposa aveva scandito i giorni dell'immaginario viaggio, sperando che qualche altro si facesse avanti per acquisire la sua bottega e intanto vivacchiandoci dentro giusto perché coi suoi guadagni, peraltro sempre magri, riusciva a mettere assieme il pranzo con la cena, benché quest'ultima consistesse il più delle volte negli avanzi del primo. Pure la Gioietta attendeva, anche se altri erano i suoi pensieri. Dopo aver sconfessato lo stato interessante infatti aveva un altro peso sullo stomaco e relativo alla madre Castica cui aveva promesso un invito nella sua nuova casa: posto che così facendo l'intero castello di bugie eretto fin lì si sarebbe palesato, si chiedeva come e cosa fare. E avrebbe voluto chiederlo anche al Cletto ma aspettava, giudicando che una simile questione andava posta quando il marito avesse ben digerito il mezzo inganno della gravidanza, visto che anche il giorno avanti, con un sorrisetto ironico accentuato dal baffetto, lui le aveva chiesto come andasse con evidente intento ironico, segno che l'idea dell'inganno non l'aveva del tutto abbandonato. Insomma, i pensieri che gravavano nell'animo dell'uno e dell'altra non contribuivano certo a rasserenare il clima domestico né, come spesso capita quando disastri si profilano all'orizzonte, a stimolare l'appetito. Non fosse bastata la situazione nel suo insieme, da un paio di giorni casa Siromalli ospitava un nuovo intruso, nella specie della busta che il fiorista Abbandonati aveva infilato sotto la porta di casa, il cui segreto nessuno dei due aveva ancora osato svelare. Lo fece infine il Siromalli non sopportando più di farsi domande e di vedere la busta sul tavolo in attesa di essere aperta. Era sera, ora di cena, la Gioietta aveva appena messo in tavola avanzi di merluzzo che erano stato il piatto unico del pranzo. Il Cletto aveva commentato sarcasticamente la fantasia della moglie. La Gioietta, altrettanto sarcastica, aveva risposto che ancora non era in grado di operare il miracolo della moltiplicazione.

«Né dei pani, né dei pesci e men che meno dei soldi!»

I due avevano incrociato lo sguardo, preludio a quello che sembrava un duello e chissà come sarebbe finito. La mano del Cletto invece si allungò, la Gioietta pensò che volesse accarezzare la sua in un gesto di pace.

Niente da fare.

Le dita di lui pinzarono la busta, l'aprirono, ne estrassero il conto.

E adesso?

Ma non ebbero il tempo per rifletterci, pensare. Le ruote del destino, che non dorme mai, s'erano messe in moto.

34

Motu proprio, giusto per evitare che il proprietario dell'hotel non avesse di che eccepire sulla sua gestione, il cavaliere del Regno Rolando Senzaposa si presentò la mattina seguente presso la bottega del Siromalli poco dopo l'apertura.

Primo cliente, pensò il Cletto sentendo passi ma subito, vedendo di chi si trattava, mutando la sua diagnosi e altrettanto immediatamente riflettendo che se almeno per il momento voleva differire l'attacco di quello doveva attaccare a sua volta secondo il principio che la miglior difesa consiste proprio in ciò.

«So perché siete qui» sparò propriamente, in linea con la decisione tosto presa.

Il Senzaposa accennò col capo: *Bene*, così parve dire. Si sarebbe risparmiato inutili preludi alla richiesta, parole di solito che gli uscivano di bocca quasi senza volere stante la lunga abitudine a riverire clienti, infarinandoli come filetti di pesce persico.

Tuttavia il Siromalli sparò un secondo colpo.

«Ma dovete ascoltarmi.»

E al cavaliere del Regno sorse allora il sospetto che

per quel giorno nella colonna delle entrate il saldo di quel pranzo sarebbe ancora rimasto in bianco.

«Ditemi» rispose.

«Ricordo bene quando vi dissi che rientrato dal viaggio di nozze sarei passato a onorare il mio debito.»

«Anch'io» si aggiunse il Senzaposa.

«Sapeste!» sospirò il Cletto.

Il Senzaposa strinse le labbra, scosse il capo: come poteva, cosa c'era da sapere?

«Che dopo tre giorni fui costretto a rientrare precipitosamente» drammatizzò il Siromalli.

Problemi, grossi, sui quali non si sarebbe dilungato per non annoiare il cavaliere, sorti nel corso dei lavori che ancora duravano per approntare la casa dove fino ad allora aveva vissuto solo.

«Sarebbero bastati solo quelli a mettermi in difficoltà» proseguì il Siromalli.

«Invece?» chiese il cavaliere.

«E invece non vengo a scoprire una serie di debiti dovuti alla gestione di mio padre e venuti alla luce proprio adesso?»

Il Senzaposa si passò una mano sul viso.

«Tutto sulle mie spalle!» esclamò il Cletto. Visto che, aggiunse, la famiglia di sua moglie, stante la condizione, non aveva scucito nemmeno una lira.

«Capisco» disse tanto per dire il Senzaposa, «però, giovanotto...» a parte i debiti della casa e quelli del genitore, se era così mal combinato perché non aveva imbandito il pranzo di nozze in una delle tante osterie a buon mercato che certo non mancavano, anziché rivolgersi a lui?

«Ve l'ho appena detto, non ne sapevo niente!» spiegò con enfasi il Siromalli.

Niente di niente!

Tutto gli era caduto addosso mentre si stava godendo il viaggio interrotto, come si poteva ben capire, dalle pessime notizie che l'avevano raggiunto proprio mentre stava per raggiungere...

Il Siromalli ebbe solo una piccola esitazione. L'aver bellamente svergognato il genitore addossandogli debiti di pura fantasia, gli tornò utile. Ricordò infatti come il vecchio in più di un'occasione, evocando la moglie morta, gli avesse detto quanto fosse stata parca, obbediente e soprattutto pia, edotta come pochi altri in miracoli e apparizioni della Vergine, da quella che s'era verificata nella locale frazione di Lezzeno a quella da cui era sorto il santuario della Madonna del Sasso in Locarno, esprimendo più volte il desiderio di visitarlo e portandoselo nella tomba inappagato.

«Locarno» specificò quindi.

Locarno, confermò, la seconda tappa della luna di miele, naturalmente mai vista e che nemmeno avrebbe saputo indicare sulla cartina del Canton Ticino.

«Però...» uscì dalle labbra amare del Senzaposa.

«Però, niente» lo interruppe il Siromalli.

Perché capiva il motivo per il quale era lì, capiva cosa significava quel *però* che gli aveva fatto appassire il labbro non appena pronunciato. Tra uomini dediti al commercio non servivano troppe parole per intendersi. Ma che il Senzaposa lo ascoltasse ancora per un istante.

«Vi ho messo a parte dei miei guai per una sola ragione, non certo quella di sottrarmi al mio debito» affermò il Siromalli. Non elemosinava pietà, né compassione. Semmai, ecco, una piccola dilazione...

«Un poco di pazienza ancora» si addolcì il Cletto, «un po' di tempo in altre parole.»

Il Senzaposa l'aveva già capito. Ma: «Quanto tempo?» chiese.

Cletto Siromalli allargò le braccia, difficile calcolare quanto gli ci sarebbe voluto per liberarsi dai guai succitati. Fu il cavaliere del Regno a rompere l'imbarazzo di quel silenzio.

«Non fatemi aspettare troppo, giovanotto» disse.

E inserì nel tono una nota quasi di preghiera.

Anche lui aveva i suoi problemi, su tutti quello di chiudere il bilancio dell'anno in corso senza buchi e così affrontare la visita del proprietario dell'hotel conte Vlademeco Ingrassi, uomo impaziente anziché no quando si trattava di conti, che non guardava in faccia a nessuno come il suo predecessore poteva ben testimoniare.

35

Serena, Castica Incunati lo era stata per circa un mese dopo le nozze. Nell'arco di quel tempo quasi tutte le sere la sua opprimente cucina si era trasformata in una specie di sala riunioni dove Ginotta Sanfedele e Dolorina Sintesi, le due gazzettine che lei aveva imposto con l'intento di raccontare poi lo splendore del matrimonio, avevano riferito le reazioni di questa o quella vicina del rione cui avevano descritto la giornata. Erano stati momenti di goduria assoluta per la scalcinata padrona di casa. Quando, a titolo d'esempio, aveva appreso come Fantina Panìco, madre di due smunte gemelle, aveva reagito, stringendo cioè la mascella al punto che un incisivo, probabilmente già precario, le era caduto a terra nel momento in cui aveva aperto la bocca per rispondere. O apprendendo la simulata indifferenza di Accademia Generata, la sua risposta: «Che ci vuole? Basta volere!» lei che probabilmente non aveva voluto visto che la figlia s'era sposata alle sei del mattino. O registrando la fosca previsione di Maripena Sinfisi sintetizzata nel frusto detto secondo il quale una rondine non faceva primavera. Momenti che, per la felicità della gelosia e dell'invidia provocate, la Castica aveva dovuto talvolta interrompere per visitare il cessetto comune poiché, come affermava, emozioni come quelle erano meglio delle purghe. Solo che, trascorso un mesetto, la Dolorina e la Ginotta avevano diradato le visite fino quasi a interromperle: d'altronde il vicinato era quello che era e soprattutto le due rischiavano di essere scansate da chiunque se fossero andate avanti a rompere l'anima con 'sto matrimonio: ormai tutti sapevano tutto, la notizia aveva perso freschezza, altre chiacchiere ne avevano preso il posto come quella, recentissima, di Melina Sfiati, figlia di Ugo Sfiati, cuoco che lavorava alla trattoria All'Eremo, che era stata ricoverata in quei giorni perché aveva dato fuori di matto, anche se qualcuno sussurrava che era tutta una balla poiché invece la Melina era stata sì ricoverata ma in ragione del fatto che s'era beccata una malattia di quelle là, e la presunta follia non era che una conseguenza fatale.

Alla notizia che Dolorina aveva riferito, la Castica aveva reagito con sicumera, affermando che se non si aveva cura di controllare la vita delle figlie, il rischio era quello: di trovarsele impestate o con la pancia piena oppure tra le mani di uno stancapiazze.

«Dopodiché, campa cavallo!»

«E, certo» si era accodata la Ginotta che aveva due figlie da piazzare, diciotto e vent'anni, e sperava di poterlo fare prima che superassero l'imbarazzante peso di ottanta chili, cui peraltro non mancava molto.

Però, visto che si parlava di figlie: «E la tua come sta?» avevano chiesto quasi in coro.

«Bene» aveva risposto lei.

Ma era stata troppo precipitosa. E tanta fretta alle due che avevano il naso fino e l'occhio lungo, tanta fretta non era sfuggita, risultando sospetta.

«Bella la sua nuova casa?» aveva infierito Dolorina Sintesi con finta indifferenza.

La Castica aveva risposto simulando un repentino sbadiglio approfittando del quale aveva risposto un sì stiracchiato che non aveva per nulla convinto le due cornacchie. Piuttosto le aveva spinte ad augurare una subitanea buonanotte, così da potersi allontanare e speculare sull'imbarazzo della padrona di casa. La quale, da quel momento, aveva cominciato a perdere la serenità di cui fino ad allora s'era beata. Di fatto dal giorno in cui s'era sposata, la Gioietta non s'era più fatta sentire né vedere: non che si fosse dimenticata della madre e della promessa fatta. Ci pensava continuamente e più ci pensava più capiva di essere di fronte a un problema la cui soluzione stava chissà dove.

36

Problema, sì, lo ammise il Siromalli quando la Gioietta lo mise infine al corrente di quel pensiero: la Castica era un problema, o senza dubbio poteva diventarlo. Tutto dipendeva dalla priorità.

«Perché mi pare che ne abbiamo ben altri, e un po' più grossi» aggiunse poi. Il sole sorge e, tac!, d'un tratto è tramontato!

«Sarebbe a dire?» chiese la Gioietta.

«Per dire» rispose lui, «fare un esempio.»

Di come correva il tempo insomma, che sembrava avesse fretta di giungere al momento in cui sarebbero partite le campane a morto suonate per mano del cavaliere Senzaposa che, non fosse stato saldato, avrebbe passato la grana al proprietario dell'hotel, conte Qualcosa e Sovrano del bilancio, il quale avrebbe preso le opportune misure contro entrambi, cioè dipendente e debitore.

«Quali, facile immaginarlo.»

Né si poteva dimenticare quell'altro conticino floreale che stava ancora chiuso nella credenza come se così facendo lo si potesse dimenticare, come non esistesse o si estinguesse da sé per cachessia. Bastava aprire quel cassetto però per vederlo ancora vivo e vegeto e far svanire l'illusione nell'inquietante silenzio che la vista della busta provocava, un silenzio pari a quello del fiorista che perdurava e chissà a cosa preludeva. Un silenzio che talvolta si rompeva grazie alle ore battute dal campanile, o a uno zirlo di merlo o anche solo un cardine che gemeva: note stonate che richiamavano alla memoria quelle altre invece ridondanti, l'organista che le aveva suonate e la sua marcia nuziale. L'unico in verità che stante l'esiguo prezzo della sua prestazione, era prossimo a considerare la latitanza del saldo come una fregatura che di tanto in tanto poteva capitare o una donazione a fondo perduto o anche un fioretto a sconto sui peccati commessi e su quelli a venire.

Non fosse stato che...

37

Non fosse stato quel pensiero, magari la Castica avrebbe atteso ancora un poco. Ma la pelosa curiosità delle due gazzettine era pungolo funesto che aveva messo in sospetto anche loro, spingendole a indagare a più riprese sulla vita da signora della Gioietta e sulle comodità della nuova casa in cui viveva: meraviglie sulle quali la Castica glissava spargendo fumo o più spesso negandosi alle visite di quelle, fingendo pure lei, che fosse un vizio di famiglia?, di non essere in casa. Tuttavia non era facile sfuggire troppo a lungo, troppo piccolo e curioso il mondo del rione. Che guardava, scrutava, occhieggiava o perlomeno così aveva cominciato a parere alla Castica che si sentiva bersaglio di una muta indagine e che ebbe uno snodo preciso nel momento in cui l'Incunati, recatasi al lavatoio, non poté fare a meno di chiacchierare con certa Esioda Tattile, rispondendo al solito modo evasivo alle sue domande sulla figlia e beccandosi una fatale stoccata finale una volta strizzati i panni quando quella concluse che chi va a star meglio dimentica in fretta quando stava male, i genitori messi in un angolo, quasi fossero vergogne da coprire. E lo poteva ben affermare lei la cui figlia Menola, pur non essendosi sistemata granché bene visto che aveva sposato un badilante che se l'era portata nel Trentino, li aveva completamente dimenticati.

«Non bisogna prendersela, così va il mondo» filosofeggiò la Tattile.

Ecco fatto, il veleno di quel pensiero si compì e intaccò il sangue della Castica non lasciandola più in pace da quel momento in avanti: adesso che sua figlia faceva la vita della signora si vergognava forse di loro, della casa dov'era cresciuta? Era una condizione che lei, quale madre, non era disposta a sopportare a lungo. Bisognava agire e fare in modo di riportare la Gioietta ai suoi doveri di figlia così da mettere a posto anche la malnutrita platea che tanto si interessava ai casi suoi e cominciava a dubitare. Intervenire quindi, mettere le cose a posto. Ma, per una volta, senza fare scenate, senza urla e strepiti bensì con parole di senso e saggezza: parole, insomma, che solo il buon don Abbondio, che riceveva mensilmente la sua confessione, poteva fornirle e addirittura...

«Perché no?» si chiese la Castica avviandosi alla confessione.

Appunto, perché no?

38

«Perché no?» scappò detto all'organista Incantati, ripensando alle parole del fiorista Benvenuto Abbandonati.

Passati i santi e i morti, il tempo s'era volto al brutto, ariacce, temporali, nuvolaglia. I due s'erano incontrati sul sagrato della basilica di San Nicolò. Di tanto in tanto capitava com'era capitato quella mattina quando l'Incantati, dopo essersi esercitato un paio d'ore all'organo, stava uscendo mentre il fiorista entrava per il necessario sopralluogo circa l'addobbo in vista di un matrimonio. Tra un come va e come non va, nonostante la perfida aria che tirava cui l'organista aveva reagito riassumendosi in sé mentre il fiorista in maniche di camicia non dava segno di patirla, proprio quest'ultimo s'era informato se almeno al musico fosse stata saldata la parcella.

«La parcella?» aveva chiesto quest'ultimo già pallido di freddo. Intuiva a quale il fiorista si riferiva ma era più il timore di trasformarsi in un ghiacciolo e aveva fatto la mossa di avere una certa fretta. L'Abbandonati però non aveva mollato la presa.

«La parcella, sì, il matrimonio Siromalli. Non ricordate?»

L'Incantati aveva ceduto, fingere ulteriormente sarebbe stato arrendersi all'assideramento, s'era stretto nelle spalle scuotendo il capo, le labbra impegnate a soffiare aria sulle mani, meglio sbrigarsi.

«No» aveva confermato.

«Nemmeno voi?» aveva insistito il fiorista.

«Nemmeno» aveva telegrafato lui, infilandosi le mani nelle tasche del pastrano odoroso d'incenso. «E quindi...» aveva mormorato poi nel tentativo di chiudere l'incontro, con l'intenzione di significare che per lui era causa persa.

Invece: «E quindi cosa?» aveva proposto, anche un poco aggressivo, l'Abbandonati.

Perché, se quello, s'era accalorato, il Siromalli insomma, credeva di fare il furbo aveva sbagliato l'indirizzo, aveva proseguito il fiorista, raccontando di come era passato da casa sua lasciando sotto la porta la busta con il conto.

«Risultato?» aveva chiesto lasciando al silenzio di un istante la risposta.

Non avrebbe perso altro tempo quindi per andare a pretendere i suoi soldi, aveva affermato poi, mentre nella mente dell'organista si stava conformando l'idea di volare in un caffè e farsi servire un punch bollente.

Sul viso, controvento, dell'Abbandonati era comparsa una maschera di rughe, come fossero scavate dall'ariaccia che tirava. Ma era solo l'espressione acconcia a ciò che era stato pronto dire.

«Querela!»

Parola unica, precisa, senz'appello.

Non era la prima volta che sistemava così qualche furbetto.

«Querela?» era scappato all'organista.

«Sì» aveva confermato l'Abbandonati.

Cos'era, non aveva idea di cosa fosse?

«Sì, ma...»

«Pensateci» aveva chiuso allora il fiorista, dando improvvisa mostra, lui questa volta, di avere fretta.

«Lo farò» aveva detto tanto per dire l'Incantati avviandosi a passi incerti, tant'era il freddo che gli stava mordendo i piedi, alla volta del caffè.

Dentro il quale, una volta al riparo e con due bei sorsi di punch che gli avevano acceso i pomelli, aveva ripensato con calma alle parole del fiorista.

«Perché no?» gli era scappato detto allora.

Quello aveva parlato di querela, parola grossa. Significava tirare in ballo avvocati, soldi da spendere, parcelle che avrebbe dovuto saldare lui di tasca propria e probabilmente più ricche di ciò che gli spettava. Ma non aveva forse sottomano un'altra via d'accesso al debitore per nulla dispendiosa? Le vie del Signore infatti...

«Perché no?» aveva ripetuto tra sé, fino a convincersi.

39

Forse che la missione di un sacerdote non consisteva anche nell'aiutare una povera cristiana costretta continuamente a mentire, peccando quindi, a causa della sventatezza della figlia che sembrava aver dimenticato i genitori, quella madre e quel padre che con sacrifici l'avevano cresciuta e educata, permettendole di garantirsi una vita che molte tra le sue coetanee avrebbero potuto solo e sempre sognare?

«In un certo senso» ammise don Abbondio dopo aver accolto la Castica nel confessionale e invitandola a vuotare la coscienza.

Come se non avesse parlato, la Castica proseguì imperterrita.

E anche a ricomporre la serenità di una famiglia che sempre a causa di quella stessa figlia pareva compromessa?

«Sì, certo, ma ancora non capisco» ribadì don Abbondio.

Dov'erano i peccati?

C'erano, rispose la Castica, o ci sarebbero stati se non

avesse trovato un aiuto, una guida che le impedisse di compierli.

Per quello era lì per, come si usava dire, vuotare il sacco così da potersi spiegare con compiutezza.

«Chiedo un po' di pazienza, un ascolto...» miagolò.

«D'accordo» fece il sacerdote, «ditemi allora.»

Bene, allora...

«Sappiate, padre, che mio marito Savinio...» attaccò la Castica.

Suo marito Savinio una sera, dopo settimane di mutismo, era sbottato dicendo che aveva intenzione di cancellare per sempre dalla memoria la Gioietta e promesso che nel caso si fosse presentata alla porta di casa non l'avrebbe ammessa.

«Ma io lo conosco» commentò, «so che è il dolore che lo fa parlare, tant'è che ha perso l'appetito e dorme male.»

Anche, evitò però di segnalare, al pari di lei aveva cominciato a soffrire di una perniciosa pigrizia intestinale.

«E io cosa ci posso fare?» si permise infine di chiedere don Abbondio che ancora non aveva digerito del tutto lo smacco del matrimonio poiché a ben guardare si sarebbe dovuto svolgere nella sua parrocchia. E manco l'avevano invitato al pranzo di nozze che, per quanto gli era giunto all'orecchio, era stato prelibato e consumato in un hotel di lusso!

«Se non lo sapete voi...» interloquì la Castica.

Il sacerdote represse un moto di stizza e pescò nel repertorio dei consigli più scontati per tacitare l'importuna. Quindi, invitare alla pratica della santa pazienza, ecco il suo suggerimento. E considerare quanto la gioventù fosse avventata, avvinta solo di sé, a volte dimentica dei più sani valori ma... ma sempre giungeva il momento in cui la coscienza si risvegliava riportandola sulla retta via.

«Sì, ma quanto mi toccherà aspettare prima che quel momento arrivi?» chiese la Castica.

Don Abbondio si dovette contenere.

«Lui lo sa!» rispose determinato.

Capiva a chi si riferiva?

Come no, la Castica capiva.

«Ma piacerebbe tanto anche a me saperlo» ribatté.

Perché non voleva farsi cogliere da un momento di rabbia, e allora... allora...

«Buona lì» ordinò il sacerdote.

La rabbia, la fretta erano sempre cattive consigliere, il buon cristiano se ne teneva alla larga.

«Ma appunto per quello sono venuta da voi» si aggrappò la Castica.

Per avere buoni consigli, no? E magari, ma senza presunzione, anche per darne uno.

Pure?

«Sentiamo allora» ironizzò il sacerdote.

Loro, spiegò la Castica, povera gente e in più ignorante, avevano mezzi limitati. Ma lui, la sua cultura...

«Avevo pensato che due righe scritte da voi, con le parole giuste... farle capire ciò che sembra essersi dimenticata, i doveri di figlia... quelle cose lì insomma» propose l'Incunati.

Non c'era forse tra le tante parabole che lui spiegava meravigliosamente quella della pecorella smarrita? Suggerì.

Don Abbondio si sentì come incastrato, carente l'aria nel confessionale.

«Ci penserete?» insisté la Castica.

«Lo farò» rispose il sacerdote con un abbaio sillabante, purché lo lasciasse finalmente in pace.

Ma ancora: «Quando?».

«Datemi tempo, benedetta donna!» rispose don Abbondio schizzando saliva sulla grata del confessionale.

40

Questione non più di giorni.

Ore.

Forse minuti.

Dopodiché i creditori avrebbero assunto forma e sostanza e il disastro si sarebbe compiuto. Non ci voleva alcuna fantasia per immaginarlo.

Dopodiché cosa sarebbe successo?

Bo', il Cletto non lo sapeva. Però per certo quei debiti in qualche modo avrebbero dovuto pagarli. Magari, ecco, gli avrebbero soffiato il negozio...

«Soffiato?» chiedeva la Gioietta.

Massì, soffiato, cioè, come si diceva?, pignorato, ecco. E se non fosse stato sufficiente quello, anche la casa!

«La casa?»

Sì, proprio, la casa, esagerava il Siromalli per eccesso di disperazione, un maligno tratto euforico nel tono della voce, quasi non vedesse l'ora che le sue ipotesi diventassero realtà.

«E noi?» la Gioietta alla prospettiva di restare senza un tetto, soli, raminghi e anche un poco abbandonati.

Noi non lo so, era la risposta del Cletto che aspettava con ansia l'ultima battuta di quello che ormai era il consueto dialogo che chiudeva le sere dei due. Sere nelle quali i fantasmi del Senzaposa, del fiorista e pure della wagneriana marcia nuziale incombevano nella stagnante aria di casa, ballando una danza macabra che faceva venire la pelle d'oca, anche perché la temperatura era abbastanza in linea con quella esterna.

Mancava solo lei, per completare il quadro gotico, lei, infernale e ghignante, e toccava alla Gioietta invitarla a quel ballo macabro ponendo al marito la questione.

«E mia madre?»

Cosa avrebbe potuto dirle, come si sarebbe giustificata, quali spiegazioni avrebbe offerto nel caso fossero affondati?

Al che il Cletto: «Credi che sia il problema maggiore?».

Non avevano debiti con quella...

«Quella!» sottolineava volentieri, esasperato alla sola idea di dover subire predicozzi da quella sorta di comballo in forma di donna... quindi era l'ultimo dei suoi pensieri! E se lei non aveva altra preoccupazione se non come affrontare la madre, ci pensasse da sé e lo lasciasse in pace!

A quel punto calava il sipario, le energie dei due si asciugavano. Le note della *Dirlindana* ricordavano che erano ormai le dieci, l'ora di cena era passata da un pezzo. Ma chi aveva fame in quelle condizioni? L'unica cosa da fare era dormire, cercare nell'oblio del sonno di trovare un poco di pace. Difficile però dormire quando ogni piccolo rumore, fosse la voce di un nottambulo, il tocco delle campane o il gemito di una persiana, metteva in allarme, risvegliava, riproponeva gli stessi, identici pensieri.

Ogni piccolo rumore.

Dopo l'ennesima, aspra discussione, la Gioietta aveva deciso che, Basta!, non ne poteva più, ed era filata in camera da letto dove nonostante tutto s'era rapidamente addormentata. Il Cletto l'aveva raggiunta dopo un'oretta ma per nulla calmo: lo inseguivano i giorni, le ore, i minuti. E anche ogni piccolo rumore. Il campanile, le mezze, i quarti, cosa sembravano se non i passi dei creditori o di un esattore che si avvicinavano alla sua casa? Di dormire quella notte non c'era verso. Poco dopo le tre, intollerante perfino del respiro della Gioietta che suonava regolare, si alzò e raggiunse la cucina, avviando un periplo dopo l'altro attorno al tavolo e di tanto in tanto scalciando l'aria. Passata così mezzora lo prese una stanchezza di muscoli che lo obbligò a sedere al tavolo e poco dopo, quasi senza che se ne accorgesse, si addormentò lì dov'era, appoggiando la testa alle braccia. Lo svegliò al mattino, non erano ancora le sette, quello che credette essere un sogno, il sogno di ogni piccolo rumore. Spalancò gli occhi, attese, ascoltò. Per un istante fu certo di averlo sognato ma l'istante seguente si dovette ricredere quando il toc toc si ripeté, chiaro, inequivocabile. La Gioietta nel frattempo gli era comparsa alle spalle, un poco stracciata in viso dopo il sonno.

«Chi sarà?» chiese con voce impastata e la certezza che chiunque fosse non sarebbe di certo stato il benvenuto.

Il Cletto, pure lui covando lo stesso dubbio, fu sul punto di rispondere con malagrazia. Si moderò, ma non del tutto.

«Prima fammi aprire, poi te lo dico» sibilò.

Cretina!, ma solo col pensiero.

41

Quella era l'ora prediletta del viatico, da "secula seculorum".

Chissà perché?

La perpetua se l'era chiesto più volte, senza mai riuscire a darsi una risposta. Era un dato di fatto, comunque, che spesso un agonizzante aspettava le prime luci dell'alba prima di tirare la gambetta. Forse perché voleva andarsene con la luce dell'ultimo giorno negli occhi. Una tra le sue più assidue confidenti, Frivola della frazione di Verginate, imbattibile nel fornire lumache già spurgate che tanto piacevano al prevosto cucinate in *sguazetto*, sosteneva che chi moriva alle prime luci dell'alba era certo di filare in paradiso poiché le porte dello stesso si chiudevano la sera, aprendosi invece quelle dell'inferno. Consultato al proposito, il prevosto aveva risposto con sarcasmo, dicendo di chiedere informazioni sull'orario d'apertura di quelle del purgatorio, raccomandando però subito dopo di lasciar perdere, forse per il timore di non ricevere più lumache pronte per la padella. L'enigma quindi restava tale, la perpetua non perdeva la speranza di capire, una spiegazione ci doveva pur essere visto che la faccenda si ripeteva. Come quella mattina quando il signor prevosto si stava preparando a uscire che non erano ancora le sette.

C'era qualcuno che aveva bisogno del lasciapassare prima di abbandonare la valle di lacrime?

«C'è?» aveva chiesto la perpetua.

«In un certo senso» aveva risposto il sacerdote lasciando insoddisfatta la curiosità della donna.

O c'è o non c'è, aveva mormorato la perpetua, cosa voleva dire, in un certo senso? Cos'erano 'sti misteri?

Ma non l'aveva detta a caso quella frase il sacerdote né a caso aveva scelto l'orario: tutto sommato si trattava di indirizzare due cristiani, anziché alla volta dell'aldilà, verso la strada del rispetto e della rettitudine e in quanto all'ora senza che occhi troppo curiosi speculassero su quella sua uscita senza morituri da benedire.

Il Siromalli, un segno rosso a marcargli la fronte, impiegò un paio di secondi per rendersi conto di chi aveva davanti.

«Voi?» chiese poi mentre la Gioietta volava in camera da letto ritornando subito, infagottata in una vestaglia che era stata della moglie del povero Erasmo.

«È successo qualcosa?» tornò a chiedere il Cletto visto che il prevosto non aveva ritenuto opportuno rispondere alla prima domanda, confermando con la silenziosa presenza di essere proprio lui, in carne e ossa.

Il sacerdote fece allora due passi nella cucina e chiuse da sé la porta.

«Sono qui perché vorrei evitarlo» rispose volutamente sibillino.

Il Cletto, ossessionato com'era, immaginò di avere qualche debito pure con la parrocchia bellanese, contratto chissà come, chissà quando, chissà perché. La successiva uscita del prevosto ne confermò il sospetto, rendendolo ancora più cupo.

«Rimetti a noi i nostri debiti come noi li rimettiamo ai nostri debitori» citò infatti.

Possibile? si chiese il Siromalli.

Possibile che il signor prevosto fosse ambasciatore del terzetto dei creditori, sorta di postremo mediatore nel tentativo di evitare l'irreparabile? Alla Gioietta, pure lei preda di tanto sospetto, sfuggì un gemito, frutto di un indizio di stimolo intestinale.

«Non volete accomodarvi?» propose allora.

Seduto il prevosto, avrebbero potuto fare altrettanto loro, lei soprattutto e così trattenere con maggior agio quella bolla che premeva per uscire. Ma il sacerdote rifiutò, preferiva la posizione eretta, più consona a prediche e ammonimenti.

«Ecco» disse entrando subito in medias res, «giorni fa ho fatto due chiacchiere con monsignore, il reggente della basilica di San Nicolò.»

Erano amici dai tempi del seminario e spesso capitava che si consultassero su argomenti concernenti la loro missione, cose di preti insomma. Ma si sapeva che chiacchierando…

«E chiacchierando è uscita una cosuccia che riguarda l'organista della detta basilica il quale attende ancora di essere saldato per la prestazione offerta durante il vostro matrimonio.»

«Ma certo» sbottò il Cletto mentre la Gioietta,

venendo meno al rispetto della buona educazione, si sedette. Sarebbe stato peggio d'altronde emettere rumori molesti in presenza del sacerdote. Che nel frattempo aveva chiesto: «Certo?».

«Certo, come no» fece il Cletto.

L'avevano ben presente, che diavolo!

Cioè, pardon.

Ma, insomma, voleva dire che mica se l'erano dimenticato e a giorni avrebbero provveduto, era solo questione di cogliere l'occasione di passare per Lecco e l'organista sarebbe stato soddisfatto.

«D'altra parte era una cosuccia...» commentò il Siromalli sperando che, una volta rassicurato, il sacerdote avrebbe salutato e levato le tende. Poiché temeva che per qualche ragione il prevosto fosse lì anche per conto degli altri due, ben più grossi, creditori.

«Concordo» commentò il sacerdote. «Un così piccolo debito è cosa da nulla.»

Poi tacque come aspettando una reazione da parte del giovanotto.

«Altri in verità sono più onerosi» aggiunse poi visto che quello aveva addirittura retratto le labbra come per far intendere che da quelle non sarebbe uscito nemmeno un fiato.

E lo andava a dire proprio a lui, si scatenò il pensiero del Cletto mentre la Gioietta allo stremo si era alzata decisa a ritirarsi un istante in camera da letto e liberarsi.

«Scusate» disse.

E mentre passin passetto tagliava il traguardo della soglia della camera da letto la voce improvvisamente grave del sacerdote la raggiunse.

«Onora il padre e la madre.»

Il Siromalli liberò allora il respiro che fino ad allora aveva trattenuto, la Gioietta fece altrettanto, rilasciando quella che era pur sempre aria.

42

Don Abbondio ci aveva pensato un paio di giorni. D'altra parte era fatto così, questione di carattere, meditativo. La rabbia gli sbolliva subito, se ne pentiva, faceva penitenze e poi rifletteva sui motivi che l'avevano scatenata. Per questo alcuni tra i suoi parrocchiani lo definivano un posapiano mentre altri meno rispettosi lo appellavano camamèla.

Così procedendo nell'affrontare i casi della vita aveva lasciato passare qualche giorno dopo la richiesta di Castica Incunati, ponzando assai e infine s'era deciso a scrivere qualche riga che potesse far riflettere la sua ex parrocchiana, le ricordasse i doveri di figlia, quei doveri che allo stato delle cose sembrava avesse dimenticato completamente. Nonostante tutto la parabola della pecorella smarrita, suggerita dalla Castica, gli aveva fatto buon gioco. Due righe quindi, come si usava dire, ma non certo da indirizzare alla Gioietta. Al suo collega bellanese piuttosto che, informato della situazione, avrebbe saputo come agire. Due righe che però non dovevano suonare come una sorta di ordine alle orecchie del collega, piuttosto una richiesta d'aiuto o di consiglio. Due righe infine che, senza farlo intendere chiaramente, avrebbero dovuto spingerlo a scendere in campo in prima persona. E così, da una parte avrebbe soddisfatto la richiesta della Castica e dall'altra non ci si sarebbe trovato in mezzo.

Dopo averla letta, al parroco bellanese non era certo sfuggito il non detto, meglio, il non scritto, della missiva una volta appreso quanto raccontava don Abbondio circa una "povera e onesta madre afflitta" in causa di una "pecorella fuggita dal suo gregge" forse "catturata da una demoniaca vanitas" che necessitava dell'intervento di "un buon pastore": con un sorriso compiacente, come se avesse davanti il parroco lecchese, aveva ripiegato il foglio e se l'era infilato in una tasca della tonaca mormorando tra sé, *Ci penseremo.*

Ma aveva corso il rischio di dimenticarsene, non fosse stato per quella opportuna chiacchierata col monsignore lecchese il cui scopo, dopo un breve scambio di informazioni personali, non era stato altro che supportare la richiesta di saldo da parte dell'organista Incantati.

Così, onde non dimenticarsene nuovamente, il prevosto era partito alla bisogna, la lettera ancora in tasca, pronta all'uso ne avesse avuto necessità. E per entrare nel corpo vivo dell'argomento non aveva trovato di meglio che citare il quarto comandamento.

Appunto.

«Onora il padre e la madre.»

43

A quella uscita il Siromalli fu colto da dubbio.

Che il prevosto fosse lì per ammonirlo di aver del tutto dimenticato il povero Erasmo non avendogli fatto dire messe alla memoria, com'era abitudine comune, né essendosi mai interessato al decoro della tomba? Per inciso ne avrebbe avuto ben donde il sacerdote, essendogli pervenuta voce per tramite dello scaccino Bigé, informato dal soteramòrt Tombolini, che sulla terra che ricopriva i resti del povero Erasmo erano cresciuti ciuffi di quell'insalata amara tanto buona da consumare insieme a un paio d'uova sode. Ma transeat, non era lì per quello, tant'è che al Siromalli non sfuggì che il suo sguardo l'aveva sorpassato fissandosi piuttosto sulla Gioietta, nel frattempo rientrata in cucina dopo essersi alleggerita: non del tutto in verità, ma insomma quanto bastava per sentirsi meglio e in grado di sopportare il confronto almeno per un altro po'. Cosa che durò poco, pochissimo però, poiché lo sguardo fisso del sacerdote la inquietò, e più ancora l'indice di lui che seguì con gli occhi mentre si levava verso il soffitto.

«Non sono qui per emettere giudizi ma per offrire buoni consigli» disse infine il prevosto inarcandosi.

La gestualità pareva preludere a tempesta, il tono invece era di bonaccia.

Buoni consigli che avrebbero evitato di ingenerare incomprensioni a loro volta capaci di edificare mura invalicabili, tracciando un confine. Gli fece buon gioco aver tenuto in tasca la lettera ricevuta giorni prima. La prese, la sventolò per aria, simulando lo sbattere di un'ala.

«Il buon don Abbondio mi trasmette il dolore della vostra famiglia» disse rivolto alla Gioietta nuovamente preda di un assalto, «per un distacco che risulta loro tanto repentino quanto incomprensibile.»

«Ma, ma, ma...» fece il prevosto, tacendo un istante e guardandosi intorno.

Incomprensibile, sottolineò.

«Davvero?» chiese poi guardandosi intorno.

«Forse per loro» opinò.

Forse perché, secondo quanto don Abbondio aveva scritto, in quella famiglia si credeva che la loro figlia fosse passata a miglior vita...

«Cioè» si corresse il prevosto, «intendo dire da una vita di stenti o quasi a quella di signora, da cui un sentimento di vergogna nei confronti della famiglia originaria e di voi stessa anche, per quello che siete stata prima, immagine di un passato che volete cancellare.»

Ma ciò che vedeva non confortava certo tale ipotesi.

«E neppure ciò che di tanto in tanto mi viene riferito sul vostro conto, giovanotto, benché sia uso pesare chiacchiere e pettegolezzi per quel che valgono» sottolineò il sacerdote.

Ma tant'era. Anzi: «Tant'è» ribadì.

Non era lì per confessare, altro non voleva sapere. Se c'erano stati errori o inganni bisognava porvi rimedio senza altro attendere perché perseverare avrebbe reso la situazione irreparabile al pari di una malattia senza rimedio.

«Il tempo per emendarvi non vi manca, siete giovani è una fortuna.»

Tuttavia guai correre il rischio di approfittarne, a chi è giovane pareva che la vita non dovesse finire mai. A chi invece aveva sulle spalle come lui qualche primavera non sfuggiva che fosse invece… invece…

Il prevosto si incantò un istante per rendere al meglio l'idea.

Un battito, ecco, di ciglia o forse, ancora meglio, d'ali. Rendeva meglio l'immagine del volo, simile al tempo che appunto se ne volava via.

«Un battito d'ali, e di farfalla.»

Effimero, cioè.

44

Alla Gioietta non erano sfuggiti i battiti, di palpebre però, e del marito. Rapidi, come di chi fosse stato accecato dal sole uscendo da un luogo buio. O colto dalla sorpresa di vedersi sotto gli occhi vivo e vegeto qualcuno che credeva morto da un pezzo. E poi il Cletto era rimasto fisso a guardare la porta che il prevosto s'era chiuso alle spalle.

«Cosa c'è?» chiese.

Il Cletto, senza girarsi: «Niente».

«Niente? Ma come...»

«Shh!» fece lui. «E taci un po'!»

Lei stare zitta? Che modi erano, cosa credeva! Lei veniva dalla palestra di sua madre, a colpo aveva sempre ribattuto con colpo, quindi...

«Ascolta un po'...» reagì, pronta a dare battaglia.

«Ti ho detto di tacere!» ribadì invece il Cletto ancora, sempre fisso a guardare la porta.

«E no, caro il mio signorino, se pensi...»

«IO devo pensare» chiarì lui bruscamente e infine girandosi a guardarla.

«Che bella novità!» gorgheggiò lei. «E a cosa se è

lecito sapere?» approntando poi il viso a una mimica di attesa, grottesca caricatura dello stupore.

Il Siromalli fu didascalico, sintetico. Anche un tantino ironico.

A una cosa sulla quale per riflettere con comodo doveva rimanere solo.

Le bastava come spiegazione?

«Esco?» si offrì la Gioietta ochetta più che mai.

«Non disturbarti» ribatté lui, «esco io. Vado in bottega.»

«Abbiamo voglia di lavorare?» insisté la Gioietta fingendo stupore.

Tuttavia era proprio lì che il Cletto sarebbe potuto restare solo soletto per tutto il tempo che desiderava: non c'erano dubbi sul fatto che sarebbe stato più facile avere la fila fuori dalla porta di casa che non davanti alla bottega.

«A dopo» salutò lui, lasciando la Gioietta ferma impalata a riflettere che era proprio il caso di sentirsi offesa. Sola anche lei adesso, nella condizione di potersi liberare completamente dell'impaccio senza patemi. Poi, risolta la faccenda, considerò con calma ciò che era appena successo. Perché non le piaceva affatto il tono col quale il Cletto le aveva risposto, quasi che fosse una servetta e non sua moglie. Né poteva accettare il mistero delle parole che le aveva rivolto.

Che diavolo voleva dire, che cosa gli frullava in testa? Perché doveva stare solo? Tramava forse qualcosa che era meglio lei non sapesse?

Certo, le venne fatto di pensare, era qualcosa che aveva a che fare con i debiti e la ormai prossima resa dei conti che la visita del prevosto aveva praticamente incarnato come fosse inconsapevole messaggero dei creditori, ricordando che di lì a poco non sarebbe stato più possibile sfuggire alla realtà dei fatti: qualcuno avrebbe dovuto risponderne.

Ma chi? si chiese nel silenzio della casa.

Era stata forse lei a contrarli?

Ci aveva messo lei la faccia o stretto mani?

Nossignore, rispose a un fantomatico interlocutore: il Cletto, suo marito piuttosto. E se pensava di trascinarla con sé nella vergogna e nello scandalo si illudeva, il signorino.

«Ognuno si mena il suo» talvolta diceva suo padre Savinio senza badare all'eleganza. Citazione invero prosaica ma utilissima a significare che ciascuno badava agli affari suoi, e gli altri annegassero pure.

Voleva fare il misterioso suo marito, facesse pure! Al momento opportuno, in caso di disastro, lei avrebbe fatto non uno ma due, anche tre se necessari, passi indietro. Altro che essergli fedele per sempre, nella gioia e nel dolore e... e poi non si ricordava più.

Per quanto la riguardava un tetto sotto cui tornare lei l'aveva pur sempre: non temeva certo la prospettiva di finire in qualche valle oscura a fare la serva o la perpetua poiché quelle erano le ennesime balle che s'era inventata a beneficio della credulità del Cletto. Semmai la madre potesse darle qualche pensiero, più d'uno in verità, considerava di poterla blandire con un'opportuna commedia, piangendo le lacrime dell'ingannata, ammettendone la saggezza che mai più avrebbe disatteso e soprattutto convinta che la Castica avrebbe visto in lei soprattutto il ritorno di una solida busta paga alla fine di ogni mese.

Con in testa, pronta all'uso, quella linea d'azione la Gioietta si dispose ad attendere il ritorno del marito, a vederne il viso atteggiato alla solita smorfia che dava conto di come la mattina fosse stata povera di eventi, in altre parole nisba clienti.

Ma al rientro il Cletto parve più gnecco del solito. Entrò, mugugnò un saluto, si sedette al tavolo zitto zitto, guardando nel vuoto.

«E be'?» fece lei.

«E be' cosa?» ribatté lui, staccando lo sguardo dal vuoto, drizzando il capo, appoggiandosi allo schienale della sedia e incrociando le braccia sul petto: tutto sommato una posa di qualche importanza.

«Dico, cosa c'è?» insisté la Gioietta, stando in piedi però giusto per ribattere a postura con postura.

Aveva pensato, riflettuto a sufficienza? E il risultato di tanto spremersi qual era?

Il Cletto tamburellò per un poco le dita sul tavolo.

«Devo dirti una cosa» disse poi.

In allarme d'un subito, la Gioietta replicò.

«Anch'io.»

Il Cletto rispose con un cenno del capo.

«Avanti allora» la invitò.

«Prima tu» disse lei.

«Giochiamo?» chiese il Cletto.

«Non mi sembra il caso» osservò lei.

«E allora...»

«E allora dai, forza» ingiunse la Gioietta con una veemenza che al Cletto ricordò come tutto sommato parte del sangue della Castica girasse anche nelle vene di sua moglie.

«D'accordo» cedette.

E si avviò a parlare.

«Ricordi quello che ci ha detto il prevosto?»

«Come no» rispose lei.

Poteva forse dimenticare rimetti i nostri debiti, onora il padre e la madre e la gioventù, il tempo che vola e... e...?

«A parte quello» la interruppe lui.

«A parte quello, cos'altro?»

Non ricordava che aveva fatto un cenno alle farfalle?

La Gioietta parve riflettere giusto per ricordare ma in verità stava oliando per bene il discorsetto nel caso lui se ne fosse uscito con qualche stravaganza.

«Sì, no» rispose comunque. «Forse.»

Ma non le sembrava il passaggio più indimenticabile del predicozzo.

«E invece sì» affermò il Cletto tornando a tamburellare le dita.

«Ah sì?»

«Certo» fece lui.

Farfalle, ripeté, agitando le dita per aria.

Non le dicevano niente?

«Dovrebbero?» chiese la Gioietta.

«Farfalle, altrimenti dette cambiali» spiegò mentre la fronte della Gioietta si increspava di punti esclamativi.

La credeva scema fino a quel punto? Conosceva perfettamente le une e le altre e il loro ruolo intercambiabile perlomeno nel parlare comune. E aveva fatto anche uno più uno.

Quindi dalle labbra le uscì la più ovvia delle obiezioni.

Come poteva pensare che fiorista, organista e direttore d'albergo accettassero in pagamento cambiali anziché il denaro che da settimane aspettavano?

Il Cletto scosse la testa.

Allora era lei che lo credeva totalmente stupido?

«Certo che no» affermò il Siromalli.

Quello delle cambiali sarebbe stato un ottimo metodo per ottenere denaro con il quale onorare i debiti e respirare un po'. Ottimo metodo, è vero, che però presentava un problema, aggiunse il Cletto sospirando.

Insomma, con la fama che li circondava e che non era escluso non fosse rimasta solo entro i confini del paese, sarebbe stato difficile trovare qualcuno disposto a concedere loro credito. E in più, anche nel caso fossero riusciti a reperire l'allocco, sulle cambiali bisognava mettere firma, nome e cognome.

«Dopodiché, se non onori la firma sei bello e da capo» concluse il Cletto.

Quello era lo scoglio.

«Capisci?» chiese.

«Non sono mica scema» rispose la Gioietta.

Ma, osservò dopo un poco, se la firma sulle ali di quelle farfalle fosse stata di un altro? chiese.

«Un altro?» si irrigidì il Cletto.

Un altro chi?

Ce l'aveva forse lei sottomano?

45

Di fianco, piuttosto.

D'altronde lo spazio di casa era quello che era, non c'erano altre possibilità, altre soluzioni. O meglio, c'erano, ma la Castica s'era fieramente opposta all'idea di un ricovero quale che fosse in quei posti luridi e desolati al pari, o forse peggiori, dei manicomi. Aveva messo sul tavolo la carità cristiana, il legame di sangue, l'affetto che li aveva legati fino al momento in cui s'erano separati. Senza dimenticare che non sarebbe stato un peso per l'economia familiare poiché, oltre a qualche risparmiuccio, avrebbe portato con sé un non disprezzabile mensile versato dalla Cassa Nazionale di previdenza per l'invalidità. E circa il posto dove ficcarlo sempre la Castica aveva già preso la sua decisione: durante il giorno, viste le condizioni in cui il colpo apoplettico l'aveva lasciato, poteva starsene seduto in un angolo della cucina; di notte invece stante l'esiguità dello spazio disponibile, non c'era altra soluzione se non ricavare un po' di posto nella cameretta dove fino a quel momento lei aveva dormito in beata solitudine così da poter piazzare di fianco al suo il letto sul quale lo zio Giusto aveva cominciato a trascorrere le notti.

«Lo zio Giusto?» sbalordì il Cletto con una mezza risata di scherno rivedendo a malapena nella memoria quell'ombra d'uomo incistato in una sedia nell'angolo della cucina.

Cioè, intendeva proprio lui, l'invalido?

La Gioietta non si fece scalfire dall'ironia del marito, ribadì ciò che aveva appena affermato.

«Proprio lui.»

Di appena due anni più anziano del Cletto. E che per lei aveva avuto sempre una certa predilezione mentre in famiglia, dopo un po', sia sua madre sia suo padre avevano cominciato a trattarlo come fosse un vegetale mentre lei lo vezzeggiava soprattutto quando aveva alle viste certe spesucce per effettuare le quali, anziché decurtare la sua busta onde evitare questioni con la Castica, pescava direttamente e nottetempo nel suo portafoglio.

«Ah!» sbottò il Cletto improvvisamente allerta.

«Già» fece la Gioietta, «il caro zio Giusto.»

E lui... s'impappinò il Cletto cercando le parole, lui...

«Lui può prestarci... cioè garantirci... insomma farci avere la somma che ci serve?» chiese.

Quelle ottocento lire, lira più lira meno?

La Gioietta lo guardò sgranando gli occhi.

«Ti facevo più svelto» disse.

«Cioè?»

«Pensavo che avessi capito» insisté lei.

Va bene, scattò il Cletto, non aveva capito, non era così svelto come lei aveva pensato, si pentiva, si scusava!

Voleva che si inginocchiasse, si mettesse un po' di cenere sul capo? L'avrebbe fatto!

«Però, se non può darci i soldi, per che motivo l'hai tirato in ballo, eh?»

La Gioietta emise un sospiro di chiara superiorità.

«Il documento d'identità» spiegò poi, didattica.

Un bel documento d'identità approfondì, del quale lei avrebbe potuto impossessarsi con una certa facilità...

«Come?» la interruppe il Cletto.

«So io» tagliò corto lei, non era il momento di interrompere.

Un bel documento d'identità sul quale con il semplice cambio di fotografia il suo maritino avrebbe potuto diventare un altro.

«Cioè quell'altro di cui abbiamo bisogno» puntualizzò la Gioietta.

Dopodiché sarebbe stato necessario trovare il pollo che avrebbe abboccato all'amo.

«Pesce» sfuggì al Cletto.

«Come?» chiese lei.

«Ma niente, trattandosi di amo sarebbe meglio dire pesce» spiegò lui.

«Ti pare il caso di scherzare?» lo riprese lei.

«No» ammise lui.

Appunto, perché a tal proposito, non le sembrava uno scherzo trovare il soggetto cui presentarsi sotto falsa identità.

«Già, dove andiamo a cercarlo?» fece il Cletto.

La Gioietta alzò le mani a difesa, mica doveva pensare lei a tutto.

«A ciascuno il suo» disse.

Se volevano tentare il colpo lei si sarebbe occupata di prelevare il documento dello zio Giusto. A lui invece toccava di scovare il pollo, o pesce se preferiva, cui proporre… sì, proporre l'affare.

«E senza perdere tempo» concluse.

46

Un bel dire!

Pollo o pesce che fosse, il Siromalli non riusciva a individuare nessuno che gli avrebbe potuto concedere la fiducia di una firma per quanto falsa su una cambiale. E, senza però confessarlo alla Gioietta, era convinto che ormai tutto fosse inutile, che la bomba fosse lì per esplodere. Prova ne era il fatto che dei tre creditori non si era più vista nemmeno l'ombra. Solo silenzio, non certo dovuto all'oblio delle pendenze, magari fosse stato così. Manovre piuttosto dietro quel silenzio, manovre che ciascuno di loro si preparava a mettere in atto.

Non sbagliava in effetti il Siromalli a pensarla così, i tre stavano manovrando benché ciascuno seguendo vie diverse. L'organista attendeva, pacificato dall'intervento del monsignore. Pure il cavaliere del Regno dormiva sonni più o meno tranquilli sapendo che al bisogno il conte Vlademeco si sarebbe fatto carico della questione e nel frattempo non mancava di guardarsi in giro alla ricerca di un altro eventuale posto di lavoro. Infine anche il fiorista Abbandonati non se ne dava pensiero più di tanto da che aveva consultato il leguleio Pannetta che gli aveva assicurato di prendersi cura quanto prima della faccenda secondo quanto prevedeva il codice di procedura civile italiano del 1865.

Anche la Castica, che peraltro veniva in seconda fila nelle preoccupazioni del Cletto, s'era quietata, e attendeva, dopo che don Abbondio le aveva riferito di aver provveduto ad ammonire i due: coltivava quindi la certezza che la coscienza di entrambi si risvegliasse quanto prima; bisognava però che ciò accadesse per processo spontaneo, inopportuno invece qualunque altro intervento o forzatura che avrebbe potuto avere esiti nefasti sui futuri rapporti. Silenzio su tutti i fronti quindi.

Anche da parte del Cletto quando, la mattina del giorno successivo alla visita del prevosto, la Gioietta chiese: «Trovato?».

Il pollo o pesce intendeva.

Il Cletto scosse la testa.

«Be'» fece lei, «datti da fare.»

Perché per quanto la riguardava lei sarebbe entrata in azione.

«Quando?» chiese lui.

«Oggi stesso» fu la risposta decisa della Gioietta.

Anzi, per essere più precisa, quello stesso pomeriggio, contando sulle abitudini di casa Vendoli.

Erano poche in verità ma consolidate.

Tra queste una, quando scoccavano le quattro pomeridiane.

47

Ai quattro tocchi delle campane Castica Incunati usciva da casa in compagnia del marito: lei per recarsi presso la parrocchia dei Santi Gervaso e Protaso col duplice scopo di partecipare al rosario delle cinque e cacciar balle tanto prima quanto dopo con altrettante fedeli. Il genitore invece per raggiungere l'osteria Don Rodrigo dove trascorreva un'oretta e più giocando a briscola. Terminato il rosario e soprattutto esaurite le chiacchiere la Castica prendeva la via dell'osteria per riprendersi il marito e riportarlo a casa, così che non oltrepassasse i limiti di un sano divertimento e soprattutto non indugiasse oltre col vino come in alcune occasioni era successo. Quello era l'arco di tempo in cui la Gioietta avrebbe dovuto agire. Certo c'era lo zio Giusto. Ma la maggior parte delle volte in cui la casa si vuotava e piombava nel silenzio, il caro zio cadeva nel sonno sulla sua sedia d'angolo, un rumoroso sonno che ne denunciava la profondità. In caso contrario, l'avesse trovato sveglio, la Gioietta aveva già pronta una carta di scorta: avrebbe raccontato di aver approfittato di un viaggio a Lecco del marito per passare in famiglia e accordarsi con tutti al fine di esaudire alla promessa fatta, ora che la sua nuova casa era pronta ad accoglierli. E, già che c'era, avrebbe deliziosamente mormorato, voleva dare un'occhiata alla sua cameretta, il luogo dove aveva passato tanti anni! Stanti le condizioni in cui versava, lo zio Giusto non l'avrebbe certo seguita per vedere cosa ci andasse a fare. C'era, purtroppo, una terza possibilità: che per un caso del destino madre e padre avessero deciso di non ubbidire a quell'abitudine, rimanendo in casa. Un caso che avrebbe costretto la Gioietta a rimandare la sua missione col rischio però di perdere tempo prezioso. Sul treno delle quattordici e trenta che la stava portando verso Lecco, la Gioietta non fece altro che valutare in continuazione le tre ipotesi come se così facendo potesse prevedere il futuro. Solo in prossimità dell'arrivo cassò ogni pensiero, ragionando che una sola cosa adesso le sarebbe servita, la fortuna, quella che aiuta gli audaci. E che di fatto non le mancò.

Cosa che, sotto sotto, nel fondo più fondo dei pensieri, il Cletto, non appena partita la moglie, aveva cominciato ad augurarsi che invece le difettasse. Certo, era autolesionismo bello e buono ma almeno avrebbe dovuto fare a meno di dover dichiarare il fallimento della propria idea: perché d'accordo spacciarsi per un'altra persona esibendo un documento falsificato ad arte.

Ma a chi?

Stava lì il busillis!

Ci voleva qualcuno che non lo conoscesse e gli desse fiducia. E quei pochi che aveva passato in rassegna li aveva già scartati tutti, immaginando anche il sorrisetto che gli avrebbero presentato in vece di qualsivoglia parola di rifiuto. Dopodiché non c'era niente, nessuno, il buio, un girare in tondo tornando sempre al punto di partenza. Così aveva ragionato il Cletto per l'intero pomeriggio, preparandosi anche ad assumere un atteggiamento consolatorio verso la Gioietta, immaginandola sconfitta e delusa di ritorno dalla sua missione in quel di Lecco. Alle sei, raccolte le poche lire che aveva incassato, aveva chiuso bottega e s'era avviato verso casa dentro un paese che aveva già assunto l'abito invernale, freddo che spaccava le labbra e odore di camini nell'aria. Aveva considerato la cena, merluzzo per l'ennesima volta, non un avanzo però, ma solo perché a pranzo, entrambi vinti dalla tensione dell'azione, non avevano mangiato nulla. S'era seduto e, viscidamente, l'altro pensiero, quello dei debiti che tuttora incombevano, aveva del tutto sostituito ogni altro. Il viso aveva assunto una smorfia pietosa, la sigaretta che gli pendeva dal labbro sembrava l'ultimo desiderio del condannato.

«Cos'è quella faccia?» sbottò la Gioietta non appena entrata in casa.

Era un po' in affanno, aveva quasi corso dalla stazione, non vedeva l'ora di comunicare l'esito del suo viaggio a Lecco.

«Missione compiuta» esclamò agitando per aria il documento dello zio Giusto.

Ma il volto del Cletto non si associò al suo entusiasmo.

48

Fortunata, con qualche brivido.

Aveva agito con cura nell'avvicinarsi a casa, sfruttando il buio, rasentando i muri, il viso coperto da un foulard, il capo chino, ci mancava solo che qualche vicina la beccasse. Nella notte delle scale aveva tirato il fiato percependo un aerosol che aveva risvegliato ricordi importuni. Davanti alla porta di casa aveva ascoltato. Per un minuto. Silenzio. Ci fosse stata sua madre non sarebbe stato possibile: un verso, un richiamo, un rumore di padelle l'avrebbe interrotto. Bene così, le abitudini di casa Vendoli non si erano modificate. Aveva spinto la porta, aperta come sempre, ed era entrata. Lo stesso buio di fuori, l'identico, perenne odore di cucina stantia. Due passi e aveva atteso, annusando il malinconico strascico di tante cene passate. Intanto l'occhio s'era adattato un po'. E l'aveva visto, lì, nel solito angolo, seduto sulla solita, malconcia sedia. Lo zio Giusto. Dormiva. Dormiva? Era fermo, così fermo, e silenzioso, così silenzioso che... Insomma, anche nel sonno più profondo la Gioietta ne ricordava dei brevi scatti di tanto in tanto, certi versi gutturali... La tensione del momento l'aveva spinta a sospettare che fosse morto.

Un brivido l'aveva colta. E un pensiero: il documento d'identità di un morto sarebbe stato inutile. Che fare? Non s'era mossa, aveva ragionato. Accertarsi dello stato dello zio? E se fosse davvero morto? E se invece non lo fosse? A scanso d'equivoci, aveva infine deciso, le conveniva comunque appropriarsi del documento che, nel caso infelice di una dipartita dello zio, ma proprio quel giorno doveva morire?, avrebbe comunque potuto buttare con comodo. Con passo felpato s'era avviata superandolo, non prima di essersi fatta il segno della croce, e poi era entrata nella sua vecchia camera da letto aprendo l'unico armadio che l'arredava dentro il quale lo zio Giusto conservava la sola giacca di proprietà. Lì, nel taschino interno, c'era il portafoglio dal quale lei più volte aveva attinto: soldi peraltro, a differenza di quella volta. Pescato il documento era ritornata sui suoi passi, camminando come fosse su un tappeto di uova. S'era di nuovo fermata davanti alla figura adesso più distinta dello zio, sempre fermo, immobile così da rendere ancora più verosimile l'ipotesi che fosse morto. Finché un rumore di corpo, sorta di faticoso fischio stante la posizione seduta del bell'addormentato, l'aveva scacciata in un amen. Esultando tra sé e nel contempo temendo che quello fosse il prologo a un prossimo risveglio la Gioietta s'era affrettata a uscire e raggiungere la stazione dove l'attendeva il locale delle diciassette e trenta per ritornare a casa con sulle labbra la frase che annunciava la vittoria.

«Missione compiuta.»

E per tutta risposta s'era trovata di fronte la quaresimale faccia del Cletto.

49

Si accoglieva così colei che ritornava vincitrice?

Cos'era quella faccia?

«Niente» rispose il Siromalli.

«Niente?» ribatté lei.

Lo andasse a raccontare a qualcun altro! Se pareva che... che...

«Niente, ma...» interloquì lui.

La Gioietta lanciò il documento sul tavolo facendolo finire sotto il naso del marito, poi sedette.

«Niente ma, cosa?» chiese.

Cos'era quel balbettio, quel mognare, quella lagna? S'era forse dimenticato come si fa a parlare?

Il Cletto scosse la testa un paio di volte.

«Ci ho pensato anche tutto il pomeriggio» rispose. Il tempo non gli era certo mancato con la solita rella che aveva visitato la bottega.

«Bene, complimenti!» fece lei, nervosetta.

E bravo il suo filosofo!

Ma adesso gli dispiaceva dire anche a lei a cosa, a chi aveva dedicato i suoi pensieri mentre lei, sottolineò, portava a termine il suo incarico?

«A chi» puntualizzò lui.

Chi, soprattutto.

A ciò s'erano rivolti i suoi pensieri.

La Gioietta a quel punto scattò in piedi, pugni sul tavolo.

«La vogliamo smettere di giocare agli indovinelli?»

Voleva finalmente farle la grazia di spiegarsi?

A cosa aveva pensato per tutto il pomeriggio?

A chi diavolo si riferiva?

«Ma come a chi» quasi piagnucolò lui.

Non era poi così difficile immaginarlo, non ci voleva 'sta gran fantasia...

«Si vede che la mia è rimasta sul treno» troncò la Gioietta. E insieme con lei anche la sua pazienza.

«Se mi spiego» abbaiò poi avvicinandosi al Cletto, fermandosi a metà strada quando finalmente l'uomo si spiegò.

A qualcuno cui chiedere di farsi garante per quelle cambiali no! A quello aveva pensato in continuazione passando in rassegna tutti i possibili candidati e niente.

«Niente» ribadì il Cletto.

Niente, nessuno, buio totale, un vicolo cieco, se si spiegava.

«No, caro mio, non ti spieghi» rispose la Gioietta.

Non era disposta ad accettare una spiegazione fatta di niente, buio totale, vicoli ciechi dopo che s'era assunta i suoi bei rischi. Se voleva, quella storia...

Ma sul viso del Cletto a quel punto si operò una metamorfosi, improvvisa, straniante.

«Fermati!» la interruppe.

Che stesse male?

La Gioietta restò a bocca aperta. Non la chiuse però. Il viso del Cletto era passato adesso a un'espressione pensosa. Non era il viso di chi si preparava a rispondere alla veemenza del suo attacco né quello di chi subisce la repentina strizzata di una colica o qualcosa di simile.

«Cosa c'è adesso?» indagò.

Il Cletto quasi sorrideva.

«L'hai detto» mormorò.

«Cosa?» chiese lei senza ottenere risposta.

Il Siromalli rifletteva.

L'aveva detta anzi, perdio se l'aveva detta! Le era sfuggita di bocca quella parola probabilmente senza che se ne fosse resa conto, senza capire che forse gli aveva indicato la strada giusta.

«La storia» mormorò poco dopo il Cletto.

«E va bene, allora?»

«Historia magistra vitae» citò lui.

«Vale a dire?» chiese lei.

«Lo diceva sempre mio padre.»

Va be', tanto piacere, felice di saperlo pensò la Gioietta che poi assunse un viso pietoso e un tono uguale, caso mai il Cletto non si sentisse davvero bene.

«D'accordo, ma cosa c'entra?»

Quante volte se l'era sentito dire, rispose il Cletto ma come stesse sognando, quante volte suo padre l'aveva ripetuto, quante volte gli aveva raccomandato di non dimenticare quella piccola, grande verità! E quante volte lui, tra sé, l'aveva mandato a quel paese, senza immaginare che…

«Scendi dalle nuvolette, aspetto sempre di capire» lo richiamò la Gioietta.

«Ascolta allora» rispose lui.

50

«Era una sera di ottobre» attaccò il Cletto.

Due, forse tre anni prima. Sera di un ottobre che aveva nascosto la sua bellezza dietro un cielo quasi sempre nuvoloso. Pioveva da giorni, una pioggerella fine e continua, fastidiosa. Umidità che si poteva strizzare dai vestiti. Lui e suo padre avevano cenato con un minestrone, l'odore, non molto dissimile da quello di un sudore di giorni, stagnava nella cucina. Finita la cena il povero Erasmo aveva attaccato il trito rituale delle letture aprendo il ciancicato volume di certo Orchideo Acciso, oscuro storico di origini basso lombarde, ignoto ai più. Non c'era ordine nelle letture del Siromalli senior, apriva il volume e dove capitava capitava.

«Quale che sia la storia» diceva «c'è sempre qualcosa da imparare.» E non mancava di raccomandare al figlio di tenerlo sempre presente.

«Va bene, questo per dire» precisò il Cletto mentre la Gioietta era tornata a sedere comprendendo che la faccenda sarebbe potuta andare per le lunghe.

Quella sera il destino aveva messo sotto gli occhi del vecchio il resoconto della disastrosa battaglia di Adua e a un certo punto aveva interrotto la lettura, fissando gli occhi sul soffitto come se fosse alla ricerca di qualcosa.

«Un ricordo» chiarì il Cletto, ecco quello che stava cercando.

Mi pareva, aveva infatti confermato dopo un po' il povero Erasmo.

Il Cletto aveva sperato che quella pausa preludesse alla fine della serale lettura così da potersene andare a letto. Ma il vecchio, picchiettando col dito sulla pagina e continuando a borbottare «Adua, Adua» s'era portato quello stesso dito alla fronte illuminandosi.

«Poi ha esclamato una cosa come, Volevo ben dire» proseguì il Siromalli.

E lui, quasi senza volere, gli aveva chiesto cosa, cos'era successo, cosa voleva intendere.

«La storia!» aveva allora risposto il genitore.

La storia, aveva poi spiegato, che non stava solo chiusa nelle pagine dei libri che la raccontavano ma anche nella vita quotidiana dei testimoni viventi, diretti e no, che la potevano riferire.

Nulla sapeva la Gioietta di Adua e di ciò che vi era accaduto e aveva cominciato a sospettare che il Cletto stesse menando il can per l'aia con quella favoletta.

«Stringendo» impose.

La mano aperta del Cletto chiese ancora un poco di pazienza.

Perché Adua, la tragedia che si era compiuta in Abissinia, aveva ricordato a suo padre un articolo comparso tempo prima sul quotidiano locale in occasione dell'infausta ricorrenza. In Lecco abitava infatti un uomo il cui fratello aveva perso la vita in quelle terre.

L'articolista gli aveva chiesto un ricordo di quel tempo e l'interrogato s'era commosso fino alle lacrime, citando le poche lettere che il fratello Dellicani Giacinto aveva scritto da laggiù. Nell'articolo naturalmente compariva anche il nome dell'intervistato, Dellicani Versalio, commerciante in pelli. Il Cletto a quel punto si interruppe, parendogli che fosse chiaro ciò che andava pensando. Ma la Gioietta evidentemente non aveva inteso.

«È lui il pesce che deve abboccare» concluse allora il giovanotto.

La Gioietta lo guardò, una fronte di rughe, le labbra immobili, lontana dall'aver compreso.

«Sono o non sono un invalido?» fece il Cletto pinzando il documento dello zio Giusto, agitandolo sotto lo sguardo della moglie che cominciava a intuire le intenzioni del marito.

«Così come sei adesso non mi pare proprio» commentò la Gioietta.

Be', certo, bisognava provvedere un po', studiare la mascherata.

Tanto per dirne una, via quei baffetti scanzonati, e poi...

51

Via i baffetti, nessuna brillantina, giacca e pantaloni stazzonati, un bastone. E barba di due giorni.

Fu il bastone soprattutto ad attirare l'attenzione del capostazione Insani quando il Cletto, salendo sull'accelerato Sondrio-Milano delle ore dieci, lo agitò a mo' di saluto. Gli rispose a sua volta agitando la paletta, filando poi in tutta fretta nel suo ufficio per sottrarsi all'ariaccia che con l'avvio di dicembre pareva aver preso di mira la sua stazione e sorridendo a quel vezzo da gagà che peraltro, pur avendone avuta solo una fuggevole visione, gli era sembrato un po' in disarmo. Fosse stato sul treno con lui avrebbe avuto la possibilità di sospettare la manfrina.

Per due giorni, sotto lo sguardo attento della Gioietta, Cletto Siromalli s'era esercitato a camminare per casa trascinando la gamba sinistra, artatamente rigida, e facendo forza con il bastone tenuto nella destra.

«Nella destra, non dimenticarlo» non aveva smesso di raccomandare lei: come aveva imparato osservando lo zio, la parte sana doveva sopperire e trascinare quella malata. Una volta in carrozza, sotto lo sguardo benevolo dei viaggiatori, il Cletto aveva percorso un paio di vagoni giusto per riprendere la finzione e giunto a Lecco aveva approfittato dell'aiuto del controllore per scendere, cosa che l'aveva rinfrancato del tutto, interpretazione perfetta! Così, boffando, la gamba bella rigida, un poco piegato sulla destra, raggiunse via Bovara fermandosi sulla soglia della bottega di Dellicani Versalio. Il quale levò gli occhi da un quadernone su cui stava appuntando qualcosa e fissò il nuovo venuto. Erano conti quelli che stava facendo e quando era in tali faccende non gradiva disturbi. Tanto più da parte di soggetti come quello lì sulla porta, che tutto sembrava tranne che un cliente.

«Posso esservi utile?» chiese.

Difficile sperare in una risposta negativa visto che era lì. Ma non si aspettava che quello dicesse: «Forse», risposta che il Cletto diede avanzando piano verso il bancone e tenendo lo sguardo basso poiché secondo le istruzioni della Gioietta doveva esprimere vergogna di sé, del proprio stato, senza però rinunciare a un residuo di dignità.

«Che significa?» chiese il Dellicani.

«Che se vi do noia non abbiate timore di dirmelo. Sparirò in un amen» rispose il Siromalli con un afflato degno della miglior filodrammatica.

«Ho capito» sospirò allora il Dellicani allungando la mano alla tasca posteriore dei pantaloni e prendendo il portafoglio.

Ma a quella mossa il Cletto reagì con un: «No» carico di commiserazione che spiazzò il commerciante.

«No»? fece il Dellicani, il portafoglio in mano e il dubbio in viso.

Non era lì per piatire un biglietto da dieci o cinque lire, confessò il Cletto.

«Forse non mi sono spiegato» ammise.

«In effetti...» concordò il Dellicani rimettendo il portafoglio in tasca. «Tuttavia...» aggiunse, se lo voleva fare... purché si sbrigasse!

«Lo so, lo so» recitò il Siromalli, «il tempo è denaro. E anche medico a quanto dicono. Ma non per me.»

Il Dellicani sbatté le palpebre. Se quella era la spiegazione non aveva capito un accidente. A meno che quello che aveva di fronte fosse un alienato e allora...

«Intendevo dire che certi dolori non passano mai» interloquì il Cletto, seguendo il consiglio della Gioietta: tirarla un po' per le lunghe cioè, fare ben bene la punta alla compassione dell'uomo.

«La gamba?» si informò il commerciante.

«Fosse solo quella» sparò teatralmente il Cletto.

«Cos'altro?» chiese il Dellicani, un po' curioso dovette ammettere tra sé.

Era quello il momento?, si stava chiedendo il Siromalli.

La Gioietta glielo aveva detto, nessun altro all'infuori di lui poteva decidere quando fosse giunto il momento di gettare l'amo, quando il pollo o pesce che fosse sembrasse pronto ad abboccare. Guai sbagliare! Al Cletto quell'istante parve giunto. Rilanciò con un ultimo enigma.

«Un dolore che ci unisce» disse notando il dilagare della sorpresa sul volto del Dellicani.

«Veramente...» fece questi pronto a dire che allo stato, a Dio piacendo, era sano come un corno. Ma non ne ebbe il tempo.

«Ricordo di averlo appreso tempo fa, leggendo il vostro nome sul giornale» lo anticipò.

L'intervista!

Quell'intervista in cui lui ricordava la figura del fratello perduto nella battaglia di Adua! Le parole toccanti con le quali l'aveva descritto, giovane ed entusiasta, inconsapevole nell'andare incontro ai suoi ultimi giorni, senza immaginare che mai più avrebbe rivisto i suoi cari, respirato l'aria della terra in cui era nato e senza, soprattutto senza nemmeno avere adesso una tomba sulla quale portare qualche fiore, sulla quale pregare...

Il volto del Dellicani s'era via via imporporato, l'occhio era bello lustro e soprattutto le vene del collo avevano preso a pulsare: il Siromalli aveva dato di sé una prova magnifica.

«Perché...» sibilò la voce del commerciante rotta da un groppo che sentiva in gola.

«Anch'io, sì» confermò il Cletto chiudendo gli occhi per un istante.

Sulla fronte del Dellicani comparvero allora un paio di rughe, dubbi, questione di calcolo.

Quanti anni erano trascorsi da quella tragica data? E quanti ne poteva avere il giovanotto che gli stava di fronte? Non era possibile che condividesse la sua stessa disgrazia, i conti appunto non tornavano e...

Ma pure quel delicato passaggio era stato studiato e preparato.

«Non un fratello di sangue» spiegò il Cletto interrompendo il ragionare del Dellicani.

Un cugino di soli pochi anni più grande di lui piuttosto, bergamasco, ma che gli era stato più caro di un fratello vero e proprio.

«Siamo cresciuti fianco a fianco.»

E insieme avevano fatto un sacco di progetti per l'avvenire, progetti che solo l'entusiasmo della gioventù poteva immaginare di realizzare, progetti infine morti insieme con lui sulle pietraie del Carso col bel guadagno di un perenne oblio per il sacrificio di tanta bella gioventù!

«Perdonate» fece a quel punto il Dellicani infilandosi una mano nella tasca dei pantaloni da cui estrasse un fazzoletto col quale asciugarsi gli occhi umidi.

«Non passa mai eh?» buttò lì il Siromalli sembrandogli che ormai il pesce avesse abboccato. Era ora adesso di tirarlo fuori dall'acqua per poi metterlo in padella.

«Sembra, ma invece...» rispose il Dellicani con voce rotta.

«E se non ci fossimo noi che li abbiamo conosciuti chi se ne ricorderebbe più?» buttò lì il Cletto fissando il commerciante che sembrava partito per altri lidi, forse quelli africani, sull'onda dei ricordi. Il Siromalli comprese che era ormai ora di piazzare il colpo che avrebbe dato una svolta alla mattinata, nel bene o nel male.

«Se vi sto facendo perdere tempo perdonatemi» quasi piagnucolando, «abbiate comprensione per il mio stato e... sì, sappiate che anche solo l'avermi ascoltato mi è stato di conforto.»

Il Dellicani fece ritorno dall'immaginario viaggio in Africa, gli occhi ancora un po' umidi, nell'animo una sorta di gelatina, nella testa invece la curiosità di sapere per che motivo quel giovane era entrato nella sua bottega. Nonostante l'emozione del momento, il fiuto del commerciante gli diceva che non era andato lì solo per parlare. Forse per chiedere un lavoro? Benché, con quella gamba zìfola...

«Se posso fare qualcosa...» disse comunque.

Il Siromalli lo giudicò fuori dall'acqua, non gli restava che recitare la parte finale del melodramma.

«Qualcosa?» ribatté.

Magari! Ma gli sembrava improbabile.

«Se proprio lo volete sapere...»

Se proprio lo voleva sapere correva il rischio di essere sfrattato se non avesse pagato a breve sei mesi di affitto arretrato. E da tempo non aveva più credito presso alcuna bottega.

«Un invalido quale sono non ha alcuna considerazione» affermò.

Alle viste aveva un posto di custode presso una filanda di Mandello, quando l'attuale se ne fosse andato a riposo, circa a metà dell'anno a venire.

«Ma i sei mesi che mi attendono rischiano di essermi fatali. Quindi come vedete c'è ben poco da fare» concluse facendo la mossa di andarsene usando, quale cardine, la gamba zìfola.

«Un momento!» lo fermò il Dellicani. «A tutto c'è rimedio, fuor che alla morte!» Il detto uscì spontaneamente dalla bocca del commerciante, il Cletto vi si aggrappò al volo.

«Sarebbe forse meglio» affermò.

«Ma cosa dite» ribatté a sua volta il Dellicani.

Poi, lo sguardo rivolto al soffitto della bottega come se non vedesse quello ma il paradiso dove evoluivano le anime di tutti i giovani morti a causa delle guerre vigliacche volute dai potenti: «Ditemi» disse.

Che gli dicesse quanto gli serviva per evitare la mendicità nei sei mesi a venire o, peggio, accarezzare l'idea di soluzioni fatali, così da poter attendere con serenità il momento di riprendersi la dignità grazie al lavoro.

Fu a quel punto, giudicando che ormai il pesce era pronto per essere consumato, che Cletto Siromalli decise di fare cifra tonda.

«Mille lire.»

Difficile dire se il Dellicani si aspettasse una simile cifra. Di certo non l'aveva nel cassetto, pronta all'uso. E, di più, adesso che aveva offerto aiuto poteva forse tirarsi indietro?

«D'accordo» disse, fantasticando di parlare anche per bocca del fratello.

E mille lire, firmata la cambiale con nome falso e per girata alla Banca del Piccolo Credito Lombardo, finirono così nelle tasche del Cletto che nel primo pomeriggio rientrò a casa senza l'inutile bastone, dimenticato sul treno.

52

Mica se l'aspettava la Gioietta che il suo Cletto fosse così abile. Non solo aveva portato a termine con successo la sua parte di missione ma ci aveva fatto anche una bella cresta: mica paglia, duecento lire che...

«Già che ero lì» stava raccontando il Cletto, riandando quasi parola per parola all'accaduto, «ho pensato di sfruttare al massimo l'occasione.»

Duecento lire in più facevano comodo, no? Potevano permettersi qualche spesuccia, a giudizio del Siromalli.

«Insomma con quei soldini potremmo...»

«Innanzitutto» interloquì la Gioietta, «esaudire la promessa che ho fatto ai miei, invitarli...»

«Qui»? chiese il Cletto incredulo.

«In questa tana?» rimbalzò la Gioietta.

Non era mica matta!

Ospitarli lì significava scoprire il gioco, la o, meglio, le bugie. Invece con una parte di quei soldini potevano offrire a tutti e tre un bel pranzo al ristorante della Malanotte, ritrovo della meglio borghesia cittadina, e soprattutto nel giorno della festa del patrono, san Nicolò, che in città contava anche di più del santo Natale. Così facendo, portandoli a pranzare nel lusso di quel locale, avrebbero preso due piccioni con una fava: lei si sarebbe riconciliata con la famiglia, poiché era facile immaginare che la lunga assenza non aveva certo fatto loro un gran piacere, e nel contempo avrebbe rinnovato l'illusione del colpo fatto con quel matrimonio.

«Dopodiché» aggiunse la Gioietta, «visto che qualche soldino l'abbiamo in tasca, possiamo riflettere con un certo comodo su cosa fare per uscire dai guai.»

Perché non si poteva dimenticare che di lì a qualche mese...

«Sei» puntualizzò il Cletto.

«Ecco, fra sei mesi quello, il...»

«Dellicani.»

«Il Dellicani, d'accordo, vorrà riavere i suoi soldi» ragionò la Gioietta.

«Magari non tutti assieme, magari un poco per volta» osservò il Cletto, «considerando che sono solo un povero e invalido custode di una filanda che ha da poco trovato lavoro.»

L'ilare espressione con cui il giovanotto aveva parlato contagiò all'istante anche la Gioietta.

«Povero caro!» sorrise allora. «Ti fa molto male la gamba?»

«Da morire» rispose il Cletto ridendo a sua volta.

E visto che le nuvole che sembravano incombere sotto quel tetto parvero improvvisamente dissolte come scacciate da un vento di phon, i due decisero che per quella sera si sarebbero concessi qualcosa di sostanzioso da mettere sotto i denti, rinunciando alle solite minestre, al merluzzo, alle frattaglie, alle polente condite con quello che capitava, alle verdure invendute o a ciò che avanzava dal pranzo di mezzogiorno. E magari, poi, avrebbero festeggiato come da giorni non capitava più poiché, affermò il Cletto: «Cazzo non vuol pensieri» facendo trillare il riso giulivo della moglie, anch'esso assente da un po' nell'aria stantia della cucina.

53

La Castica da tempo s'era arresa all'evidenza: sua figlia, avviata ormai a fare la vita della signora, s'era proprio dimenticata di loro, li aveva cancellati, una vergogna da interrare. Era lì da vedere, nonostante la mediazione di don Abbondio: non s'era mai più vista né sentita, sparita come se fosse migrata altrove ed era un pensiero che l'aveva incupita al pari del marito, accentuando in entrambi gli angoli dell'animo, un maledetto pungolo che aveva sete di vendetta.

L'unico che tentava di ridurla a più miti consigli, invitandola alla carità cristiana e ribadendo pro domo sua questa volta la parabola del figliol prodigo, era ancora don Abbondio quando chiedeva notizie della sposina; che però dalla sua parrocchiana otteneva sempre la stessa risposta: la Gioietta ormai non era più nessuno per loro, mai e poi mai lei si sarebbe abbassata a cercarla per chiedere conto di tale atteggiamento e anzi, nel caso si fosse fatta viva, avrebbe avuto ciò che si meritava, la porta in faccia. E la manona della Castica, ricca di noduli e dalle unghie luttuose, arieggiava il naso del sacerdote simulando il gesto sotto di esso.

Quando, la mattina del giorno di San Nicolò, la Castica, aperta la porta, se la trovò sotto gli occhi, lei con un sorriso di piccole rughe che la faceva bambina e dietro lui, il Cletto, lucente di odorosa brillantina e pronto a un repentino dietro front nel caso di inconsulte reazioni, Castica Incunati fu sul punto di mettere in atto la minaccia più volte dichiarata, la mano già pronta a sbattere con forza la porta.

Se non lo fece fu perché alle sue spalle salì una sorta di gemito che era uscito dalla gola del marito, preludio a una cascata di singhiozzi che travolsero l'uomo per la gioia di rivedere la figlia, sentimento che discacciò in un amen la determinazione di impedirle l'ingresso nella sua casa, cacciarla e via di seguito. Fu ciò a disorientare la Castica cui venne a mancare la determinazione, questione di secondi, ma tanto bastò: giratasi per prendere atto della metamorfosi del marito liberò l'uscio dalla sua stazza permettendo così alla Gioietta, cui l'emozione paterna ne aveva provocata altrettanta, di filare dentro e ripararsi tra le braccia del genitore in una confusione di sospiri, singhiozzi e qualche lacrima. La Castica era ancora ferma alla porta, il Cletto sul pianerottolo, spettatori di quella scena che ebbe un immediato continuum quando la Gioietta, districatasi dall'abbraccio col genitore, si rivolse al caro zio Giusto che dalla sua sedia la guardava con un sorriso storto e che ebbe la sua parte di baci e abbracci da parte della nipote, in cambio dei quali le lasciò un ricordo di bava sulla spalla destra.

La Castica e il Cletto erano ancora fermi nelle rispettive posizioni, allocchiti spettatori. La Gioietta, staccatasi infine dallo zio, si voltò rivolgendosi allora alla madre, pur mantenendo una distanza di sicurezza, approssimativamente un paio di passi. Gli sguardi delle due donne erano fissi l'uno nell'altro, pure quelli degli altri astanti erano centrati sulle due, in attesa degli eventi.

La Castica avrebbe messo in atto le minacce più volte dichiarate oppure…

Passarono istanti di tensione come se sul pavimento stesse bruciando la miccia di una mina.

«Perché lui non entra?» disse infine la Castica intendendo il Cletto ancora fermo impalato sul pianerottolo. «Ha forse paura?»

«E già, cosa fai lì, entra no?»

Fu il tono intriso di domestica quotidianità con il quale la Castica aveva parlato, tono che subito la Gioietta adottò per rivolgersi al marito, a rimettere in moto l'azione in casa Vendoli. E la Castica non poté fare a meno di pensare a quanto fossero vere le parole di don Abbondio quando predicava che il cuore di una madre è sempre disposto al perdono e alla comprensione.

«Anche quando pare che di ciò non vi sia più traccia in esso.»

Dopodiché levò la mano che da mesi era pronta per sbattere la porta in faccia alla figlia e la usò invece per chiuderla in faccia al mondo temendo qualche impicciona cui certamente non era sfuggito l'arrivo dei due sposini.

54

All'osservazione che la Castica aveva fatto poco dopo tanto per dire qualcosa, non dare troppo spazio all'emozione insomma, cioè, avere in casa ben poco da offrire e men che meno qualcosa per mettere assieme un pranzo decente, la Gioietta aveva subito reagito rallegrandosi tra sé per l'occasione che il cielo le aveva offerto grazie alle parole della madre.

«Ma oggi dobbiamo festeggiare questo momento» aveva detto effervescente, come se le parole le saltellassero sulla lingua.

Il momento in cui finalmente si ritrovavano tutti assieme, non uno scherzo! Un momento che non si poteva dire a parole quanto entrambi avevano atteso e rinviato quasi senza nemmeno accorgersi di come volava il tempo, sia lui sia lei presi dalla loro nuova condizione, lei soprattutto fresca sposa e padrona di una casa in cui da troppo tempo ormai mancava una donna.

«Benché anche lui...» aveva aggiunto la Gioietta rivolgendosi al Cletto affinché scendesse in campo e le desse manforte.

«E be', certo, certo» aveva borbottato allora il Siromalli comprendendo che era giunto il suo momento di sparar balle, «naturalmente.»

Il lavoro cioè, il maledetto lavoro che non gli dava pace di giorno quando gli toccava stare in giro e nemmeno di notte quando certi pensieri lo tormentavano.

E che pensieri!

«Quando è a casa ovviamente» l'aveva spinto la Gioietta.

«E già, già» aveva approvato il Cletto.

Perché talvolta, stante la lontananza, gli toccava anche stare fuori casa la notte ed era in quei momenti che si rendeva conto di non essere più solo ma di avere una moglie, una famiglia insomma, cui badare. Così che si proponeva di ridurre un poco il giro d'affari per essere più presente, cosa che avrebbe senz'altro fatto.

«Ma ci vuol tempo per sistemare certe cose.»

«D'altronde il lavoro va preso quando c'è» era intervenuto parlando a ragion veduta il Savinio.

«Vero, papà» s'era subito aggregata la Gioietta intuendo la possibilità di aver segnato un punto, d'oro!, a suo favore. «Vero.»

Ma il lavoro non poteva diventare padrone assoluto di una vita, al punto di assorbirla totalmente, col rischio di far dimenticare ciò che veramente contava come gli affetti, le persone care...

A quel punto la voce della Gioietta s'era rotta, non c'era stata finzione, era piuttosto entrata nella parte della figlia contrita e il Cletto notandone l'emozione aveva fatto due passi verso di lei, fermato però da una sorta di ordine che era uscito dalla bocca della Castica.

«Adesso basta, via.»

Non aveva usato però un tono da maresciallo, cercando piuttosto di mascherare un principio di emozione cui gli occhi da pesce in agonia si stavano conformando. Tant'è che subito aveva detto: «Vieni qua» allargando le braccia e consentendo alla figlia di colmare i due passi che fino ad allora le avevano divise e affondare nel suo abbraccio odoroso di fumo, cucina e sudori di più giorni. Passato un tempo giusto la Gioietta aveva sollevato il viso. Pacificata dall'abbraccio aveva guardato un istante il viso della madre.

«Festeggiamo allora?» aveva chiesto, l'occhietto già ammiccante per la sorpresa che aveva pronta sulla lingua.

«Come dicevo però...» aveva obiettato la Castica.

Ma la Gioietta l'aveva subito fermata.

«Lascia fare a noi» aveva detto.

E aveva schioccato le dita alla volta del Cletto affinché fosse lui a incaricarsi dell'annuncio cui rispose quello che a tutta prima parve un borborigmo solidale uscito in contemporanea dagli intestini dei tre invitati, quando invece altro non fu che il lamento di uno scarico malfunzionante.

55

Un paio d'ore più tardi, seduti tutti e cinque a un tavolo della Malanotte e davanti al menu che offriva un'ampia selezione di salumi, risotto al gorgonzola e alle erbe, cotechino con lenticchie, lessi misti, pollo alla diavola e alla cacciatora, capretto in guazzetto, dolciumi, vini locali e no, parve che delle settimane trascorse non vi fosse più traccia in nessuno dei commensali.

La Gioietta volle sedere accanto allo zio Giusto allo scopo di aiutarlo a preparare i bocconi della misura giusta affinché non si strozzasse ma anche, per quel che poteva, tenersi a distanza dalla madre onde evitare troppe domande. Domande che invece ebbero per bersaglio il Cletto, seduto a lato della suocera, alle quali il Siromalli rispose con ammirevole padronanza di sé: il lavoro *savasandir* andava bene, guadagnava altrettanto bene, magari sì, prima o poi, avrebbe assunto un aiuto così da delegare un po'.

E la Gioietta?

La Gioietta come donna di casa era impeccabile, ai fornelli era abile e, sì, si capiva che aveva avuto un'ottima maestra.

E aveva ancora certi vezzi o grilli per la testa?

Ma quali vezzi, o grilli, il Cletto non capiva. Allo stupore del genero la Castica aveva fatto dietro front, meglio lasciare stare divi e divette visto che il matrimonio li aveva cancellati dagli orizzonti rosa della figlia.

Piuttosto, d'ora in avanti?

Poche parole bastarono per intendersi.

E certo, come no, comprese al volo il Cletto. Ora che certe incomprensioni erano state appianate si sarebbero frequentati più spesso, d'altronde come s'era detto quei primi mesi di matrimonio... Massì, la Castica spazzò via la questione, comprendeva. Eh! il cuore di una mamma, come aveva detto don Abbondio, sante parole!

E a tal proposito, osservò sempre lei deponendo sul tavolo il terzo bicchiere di barbera appena vuotato, perché non approfittare del Natale alle porte per festeggiarlo tutti assieme? E proprio su, a casa loro visto che si erano sistemati? Un bel pranzo di Natale che li riunisse nel giorno che più santo di così non si poteva!

La Gioietta aveva sempre tenuto un orecchio aperto ai mugugni dello zio Giusto e alle scarse parole del genitore; l'altro invece alle domande della madre che percorrevano l'aria stanti il vocione e l'energia del vino e alle risposte del marito. A quel punto, forchetta in mano con un pezzettino di manzo lesso destinato allo zio, che invece si infilò in bocca per distrazione in causa dell'allarme provocato dalla proposta materna, guardò il Cletto sgranando appena gli occhi, pericolo, attenzione! Toccava a lui sbrigarsela, uscire indenne dalla trappola.

«Una magnifica idea» reagì di botto lui.

La fronte della Gioietta si contrasse per poi subito

rilassarsi quando il Cletto rimediò correggendo il senso della risposta: sarebbe stata, cioè, una splendida idea se solo l'avessero saputo prima.

«Prima?» chiese la Castica.

Prima di che?

Prima, spiegò il Cletto, di aver accettato l'invito di un collega.

«Collega di lavoro ma non solo, amico del cuore anche e di famiglia!»

Quasi uno zio, insomma, per la confidenza che li aveva uniti.

Il Somìa, rivelò poi, guardando la Gioietta che quel nome l'aveva sentito giusto un paio di volte per bocca del marito e comunque si adeguò assumendo un'espressione dispiaciuta a uso esclusivo della madre: fosse dipeso da lei voleva dire con quel viso da malatina con poco ferro nelle vene, ma si sapeva che la moglie doveva obbedire al marito.

Antenato Somìa, stava intanto spiegando il Siromalli, li aveva invitati a passare qualche giorno da loro per Natale ad Almenno San Salvatore dove abitava con la moglie e due figli in una sorta di fattoria, si erano accordati da tempo e adesso pareva brutto rinunciare. D'altronde quello era un periodo in cui il lavoro concedeva un po' di riposo e bisognava approfittarne.

«Chi si deve rifornire lo fa prima, no?» affermò il Cletto con padronanza.

«Peccato» si limitò a rispondere la Castica.

Era toccato alla Gioietta intervenire allora nel timore che si tornasse su argomenti spinosi ponendo alla madre domande sul vicinato. Nella mezzora che era seguita poi, condizionata da una stracca conversazione, aveva forzato al bere lo zio Giusto col risultato di portarlo alla soglia del sonno. Notandolo la sorella aveva deciso di rinunciare al dolce e dichiarato che s'era fatta l'ora di andare. Il Cletto s'era aggregato, anche per loro s'era fatta quell'ora. In vista della fine dell'anno c'era ancora del lavoro da fare, conti da chiudere, bollette da verificare e quant'altro.

«Cartacce» aveva commentato la Gioietta spiegando che anche lei stava cercando di orientarsi in quelle faccende onde poter dare una mano nell'amministrazione.

Ma poi, dopo, s'era spinto a dire il Cletto, una volta ritornati al nido, passato il turbine delle festività, sarebbero tornati a ritrovarsi tutti assieme. E su, naturalmente, su, aveva azzardato provocando una smorfietta da parte della moglie.

Alla Castica infine non era sfuggita la noncuranza con la quale il genero aveva saldato il conto non certo lieve. Erano all'incirca le tre pomeridiane del giorno di San Nicolò. Fuori dal locale, sotto uno stanco sole invernale, s'erano inscenati baci, abbracci e auguri in vista del Natale. Un Natale che ai due non portò alcuna gioia o regalo che fosse. La soddisfazione di aver perlomeno, e per intanto, sistemato Castica e compagnia era stata effimera ed era ben presto svanita. I due, ripiombati nella cupa atmosfera domestica e assediati dai soliti pensieri, caddero in un mutismo dentro il quale ciascuno rimestava le proprie ragioni e le colpe dell'altro. Una condizione che poteva trascendere, portando a un litigio o chissà che altro e della quale il primo a rendersi conto fu il Cletto, forse perché in fin dei conti ad avviare la sinfonia delle bugie era stato lui.

56

Conscio del buio che si addensava su quei giorni che veicolavano allegria e serenità nell'animo di tutti pennellando invece sul viso della Gioietta una maschera tragica, il Siromalli tentò di alleggerire l'atmosfera domestica comportandosi come se nulla fosse alle viste, il maritino che in casa solfeggia complimenti e cerca coccole. Se dapprima, per reazione, la Gioietta rispose che non vedeva ragioni per tanta spensieratezza, per piangere piuttosto, di quelle ne avevano da vendere, ai reiterati, successivi tentativi di lui si limitò a rispondere miagolando o scrollando le spalle, invitandolo ad andarsene in bottega dove peraltro il Cletto aveva il solito daffare, cioè poco. E gran tempo quindi per pensare a come uscire dall'attuale condizione e realizzare i suoi sogni ancora scombinati quanto imprecisi: pensieri che a un certo punto gli sfuggivano di mano poiché non sapevano dove andare a parare, fastidiosi quindi, e che il Siromalli lasciava in bottega, di tanto in tanto andando a fare due passi oppure concedendosi un caffè e cacciando quattro balle con questo o con quello. Se in queste chiacchiere ci fosse lo zampino del diavolo è difficile dire, ma è un fatto che ne usciva confortato, rinfrancato nell'idea di essere atteso da ben altro avvenire, massimamente quando si trovava al caffè del Picchio, dove dietro al banco stazionava come se ci fosse capitato per caso il quarantenne proprietario Demetrio Sciancavalli detto non a caso Venezuela. C'era stato infatti in quel lontano paese una decina di anni prima, raggiungendo certi parenti massoni che stavano facendo fortuna grazie alla ricchezza in petrolio del sottosuolo venezuelano. Vi era rimasto però non più di sei mesi dopodiché era repentinamente tornato in patria richiamato, a suo dire, da una straziante lettera della madre che ne avrebbe patito l'assenza fino ad ammalarsi. Di quale malattia avesse sofferto la signora Amebe nessuno era in grado di dire qualcosa. Sta di fatto che all'epoca di questi eventi godeva di ottima salute. Sul conto del Demetrio per un po' erano circolate voci secondo le quali il suo ritorno in patria fosse stato più una fuga, necessaria per allontanarsi da un torbido giro che l'aveva invischiato in quelle terre. Come capita di regola, le voci, i pettegolezzi, la curiosità erano lentamente finite nell'oblio e il Sciancavalli aveva potuto contarla come meglio gli pareva, tessendo lodi sugli agi che per sei mesi aveva goduto in quel di Caracas, un Eldorado dove pareva che i soldi si trovassero per terra e l'unica fatica richiesta era quella di chinarsi per raccoglierli. Un mondo difficile da immaginare di qua dall'oceano, dove chi avesse avuto anche solo un minimo di spirito avrebbe potuto fare la vita del pascià. Poteva ben dirlo lui che quell'aria l'aveva respirata, degustata, se n'era nutrito... per soli sei mesi però.

Ché, non fosse stato per l'amore filiale, sarebbe stato

ancora là, e chissà dove sarebbe potuto arrivare, era la generale, sospirosa conclusione del Demetrio.

A queste parole idilliche il Siromalli abboccava come un pesce allocchito e quando usciva dal locale avvertiva la sensazione che il mondo oltre i confini del paese non aspettasse altri che lui, una volta sfondata la cortina di nebbia che ancora occultava il suo destino. E una volta tornato in bottega sbuffava, scalpitava e trattava con sufficienza i già rari clienti.

Pure la Gioietta aveva scovato un antidoto per alleviare l'assedio dei cattivi pensieri: sotto il lettone matrimoniale, dove aveva scoperto alcuni numeri dell'«Illustrazione Italiana» acquistati ai tempi dal povero Erasmo e gelosamente conservati. Leggendoli e rileggendoli, soprattutto sognando a occhi aperti davanti alle fotografie si distaccava dal presente che ritornava immanente nella figura del marito quando costui rientrava a casa. E il silenzio, il mutismo riprendevano il controllo dell'atmosfera domestica, l'aria si faceva greve, le ore lente, il buio solido. Fino a che giunse il pomeriggio del 27 dicembre.

57

Dalla mattina il cielo prometteva pioggia anche se alcuni pronosticavano neve. Quando il Siromalli verso le quattro pomeridiane decise di lasciare i pensieri in bottega per andare a bersi un caffè nel solito locale tuttavia né pioveva né nevicava. Cominciò a cadere una pioggerella mista a qualche fiocco di neve poco dopo il suo ingresso al bar, cosa che, visto che era senza ombrello, lo spinse a trattenersi ancora un po', sperando che cessasse o in alternativa qualcuno potesse offrirgli un passaggio. E per ingannare il tempo dell'attesa prese a scorrere le pagine del quotidiano locale dove, all'altezza delle Cronache del Circondario, ebbe la folgorazione. Non fu una delle tante notiziole riportate dal foglio a colpirlo, piuttosto l'annuncio che occupava lo spazio a fondo pagina: quello del Gran Veglione di fine anno che il Grand Hotel Leon d'Oro di Lecco organizzava per salutare l'arrivo del nuovo.

«Il Leon d'Oro!» borbottò tra sé. Che in quanto a lusso non aveva niente da invidiare ad altri gioielli che impreziosivano le rive del lago facendo di Cernobbio, Menaggio, Cadenabbia, Argegno e Bellagio località di richiamo per ospiti d'eccellenza. E le sue esclusive suite, onuste di storia come più volte il povero Erasmo aveva citato, visto che avevano ospitato Alessandro Volta, il cavalier gerosolimitano conte Francesco Benedetto Giovio, discendente di quella famiglia di eruditi, il naturalista svizzero Scheuchzer, noto per aver sostenuto l'esistenza sui monti lariani dei cosiddetti lucertoni oltre che averli veduti, probabilmente lui solo, nonché descritti e disegnati. Ma a parte la storia, di cui continuava a fregargli assai poco, ciò che avvinse il Cletto e ne infiammò la fantasia fu l'ambiente sontuoso, il raffinato menu, le immaginarie note dell'orchestra che avrebbe accompagnato gli ospiti verso l'anno nuovo.

Non era forse quello che ci voleva per uscire dal buio tunnel in cui lui e la Gioietta erano entrati e affacciarsi all'anno con rinnovate speranze? Non era meglio forse allietare l'animo con le note di valzer e mazurche? Non era forse lo stesso destino ad averlo costretto a temporeggiare mettendogli sotto gli occhi quella pagina di giornale quasi fosse un invito a cogliere l'attimo? Potevano affrontare la spesa di una serata di festa a cuor leggero e solo dopo, con rinnovate energie e leggerezza d'animo, mettersi di buzzo buono a dare battaglia per uscire dai guai e imporre alla vita i loro desideri!

«In fin dei conti basta un colpo di vento per far girare la fortuna» sentenziò il Cletto quella sera mentre sul viso della Gioietta la prospettiva di trovarsi circondata dal bel mondo, danzare, magari anche essere corteggiata aveva colorato il viso.

«Servirà una toilette adeguata» fece notare lei per tutta risposta.

L'etichetta disponeva infatti che la donna indossasse un abito lungo e in tinta unita e per quanto la riguardava lo voleva di un bel rosso corrusco così che il suo pallore statuario ne venisse esaltato. L'uomo, aggiunse poi, se la poteva cavare col solito smoking che faceva comunque sempre la sua porca figura.

«Ma dove li andiamo a prendere?» propose poi.

«Provvederò domani stesso» rispose lui.

Non c'era forse la sartoria del teatro sociale di Lecco che noleggiava abiti di quel genere a filodrammatiche, compagnie di giro e affini? La stessa pro loco del paese ne andava a prendere alcuni quando cadeva il tempo del Carnevalone e vi aveva sempre trovato di che soddisfare ogni esigenza.

«E allora è fatta» approvò la Gioietta.

«Prima però...» fece lui.

E fischiettando passò a preparare il cartello che doveva avvisare la clientela il giorno seguente: OGGI CHIUSO.

Andassero pure tutti a servirsi dalla Privativa Cagnoletta e a festeggiare la fine dell'anno nel miserando ambiente del circolo dei lavoratori!

Quando lo mostrò alla moglie, la Gioietta, già infiammata all'idea della festa, commentò: «Anno nuovo, vita nuova» per nulla considerando che quella che li aspettava dietro l'angolo avrebbe potuto essere, benché nuova, peggiore dell'attuale.

58

Erano quasi duecento gli ospiti presenti nel salone del Leon d'Oro la sera del Gran Veglione, tutti di solida liquidità. Lustri ed eleganti, che parevano ritagliati dai giornali che erano stati la base d'apprendimento di Gioietta Vendoli. I profumi saturavano l'aria, ma era un'aria d'altri mondi, d'altre stanze dentro le quali gli occupanti sorridevano alla vita e lei a loro. Li accoglievano tavoli di varia dimensione poiché erano presenti gruppi che andavano da dieci a sei e a quattro commensali fino a coppie, perlopiù giovani, come appunto il Cletto e la Gioietta. Non molte in verità queste ultime, giusto quattro o cinque che si confondevano come piccoli scogli nel resto del mare vociante. I due, raggiunto il tavolo assegnato, superarono ben presto l'imbarazzo, l'emozione di trovarsi circondati da tanto lusso ed eleganza, invasi piuttosto dalla sensazione tanto immotivata quanto fascinosa di essere predestinati a ciò. Viepiù riscaldati da un bicchiere di Moscato Champagne si immersero entrambi nel clima della serata, la Gioietta attenta alle toilette delle signore presenti e a cogliere nel suo privato orbitale il lieve odore di chiuso che ne impregnava l'abito, nero poiché di rossi il marito non era riuscito a reperirne; il Cletto invece prendendo nota di certi gesti leziosi con i quali alcuni degli ospiti tenevano la sigaretta o sollevavano i calici. Nell'aria salivano risate, qualche breve battimano, brindisi anzitempo, un sottofondo continuo, frizzante e contagioso, la musica del bel mondo insomma, al quale i soli camerieri sembravano alieni nella loro compostezza. Ogni regola tuttavia ha le sue belle eccezioni. Tra quei duecento festaioli erano presenti alcuni che avrebbero preferito starsene a casa, festeggiare il nuovo anno dormendo o con una cenetta domestica, e che al contrario per vari motivi avevano dovuto cedere al richiamo del Gran Veglione. Tra costoro c'era il commerciante di pelli Versalio Dellicani. Gli toccava nonostante il suo essere schivo. Due volte all'anno, segnatamente per Carnevale e per la notte di San Silvestro, doveva concedersi alla volontà della moglie Dolorina di uscire da casa e festeggiare. A ciò si piegava senza proteste, conscio che la moglie si meritava quelle uscite mondane visto che la Dolorina per il resto dell'anno era donna di casa, moglie e madre impeccabile. Non gli chiedesse di partecipare alle danze però. E infatti la Dolorina non lo pretendeva, accettando di ballare con altri mentre il marito se ne stava seduto al tavolo occhieggiando i presenti. Fu nel momento in cui le coppie, aperte le danze, si riversarono nello spazio centrale del salone che il Dellicani colse i due. Vero è che dapprima dubitò di ciò che vide ma lo è altrettanto che stette allerta per un paio di minuti, li seguì allo scopo di avere una conferma nell'un caso o nell'altro. Infine, tanto sicuro quanto sconcertato che colui che evoluiva con leggiadria era lo stesso che gli si era presentato trascinando la gamba e con tanto di bastone, congesto in viso partì alla carica, raggiunse il Siromalli alle spalle, l'afferrò per il colletto della giacca, obbligandolo a girarsi e a guardarlo dritto in viso.

Il Cletto comprese al volo di essere finito in un guaio, la Gioietta ne ebbe dapprima solo un vago sospetto che peraltro confermò subito, quando sentì la voce alterata del Dellicani abbattersi sul marito.

«Ci siamo dimenticati il bastone? O forse siete miracolosamente guarito?»

Non aveva certo badato al tono della voce il commerciante, tant'è che l'orchestra aveva sospeso il valzer; i ballerini s'erano arrestati incuriositi, Dolorina Dellicani tra costoro, avevano fatto cerchio intorno ai due uomini e alla Gioietta che ormai aveva chiaro il quadro, capiva le ragioni dell'aggressione. Tuttavia i più erano convinti che si trattasse di questioni di gelosia, forse un giovanotto s'era spinto un po' troppo oltre con la dama di un altro. Quale che fosse il motivo, il direttore del Leon d'Oro, Iulio Fittima, e il caposala, Genuino Navigati, uomo svelto di mano e d'intuito, irruppero nel cerchio. Niente e nessuno poteva interferire con il clima della festa.

«Che succede?» chiese subito il Fittima guardando prima il Cletto e poi il Dellicani mentre Genuino Navigati, alle spalle del Siromalli e a lato della Gioietta sbirciava nell'invitante décolleté di costei.

«Lo si chieda a costui» fu la risposta del Dellicani.

Il Cletto aveva ben poco da dire. Ma anche se l'avesse avuto non avrebbe potuto farlo poiché il direttore, temendo il protrarsi del siparietto e le sue nefaste conseguenze sul veglione, tornò a parlare.

«Sarà meglio proseguire la conversazione nel mio ufficio» disse, e con tono d'ordine.

Dopodiché con un'occhiata, due anzi, riuscì a distogliere il caposala Navigati dal panorama sul quale da un po' stava fantasticando e gli ordinò di condurre i due uomini nell'ufficio di direzione, riservando a sé il compito di ridare il via alla festa e di passare poi di tavolo in tavolo a chiedere scusa ai presenti per l'increscioso incidente.

59

Sola, scossa e smorta, la Gioietta ritornò al tavolo e attese, gli occhi fissi alla tovaglia per evitare di incrociare sguardi curiosi che ben presto smisero poiché la festa aveva ripreso con maggiore energia. Nel tempo di un valzer e di una mazurca, Versalio Dellicani uscì dall'ufficio di direzione, si diresse al proprio tavolo dove lo attendeva la moglie Dolorina. Senza bisogno di far parole, quest'ultima si alzò, conscia che la festa per loro era finita e solo fuori chiese di capire quello che era successo prima e anche dopo, dentro l'ufficio di direzione. L'uomo non si schermì dietro vaghezze, tra lui e la moglie c'era sempre stata sincerità. Le raccontò di aver firmato una cambiale a favore di certo Giusto Incunati, giovane invalido afflitto da debiti che lo mettevano a rischio di accattonaggio.

«Ebbene, sono stato bellamente imbrogliato» ammise con una risata amara e di gola. E proprio da colui che aveva arpionato per il collo poco prima. Al quale, nell'ufficio del direttore, con l'appoggio del caposala aveva fatto confessare la verità, l'uso di un documento falsificato, il vero nome e cognome, peraltro registrato nell'elenco degli ospiti, dichiarando infine le sue intenzioni.

«Che sarebbero?» chiese la Dolorina.

Due sole parole, nessuna pietà!

Nonostante quello avesse quasi pianto cercando di muoverlo, ancora!, a compassione, pregandolo di dargli una possibilità, scongiurandolo di concedergli qualche giorno affinché potesse provvedere a restituirgli il denaro: nessuna pietà!

Di fronte a un così basso inganno, allo sfruttamento delle disgrazie e del dolore altrui, mille lire non erano niente e, anzi, qualora le avesse riavute le avrebbe date in beneficenza mentre la moglie, tra sé, decideva all'istante che nel caso avrebbe provveduto a far cambiare idea al marito: o insomma, mille lire era una bella cifra!

«Ma quel mascalzone la deve pagare. Lo denuncerò, ci penserà il giudice a sistemarlo a dovere!» concluse il Dellicani.

E la Dolorina su quel punto non poté che essere d'accordo.

«Fai bene» approvò.

Dopodiché si avviarono sottobraccio verso casa mentre le note attutite dell'ennesimo valzer giungevano alle loro orecchie.

60

Un valzer e un altro ancora, note stracche però che sembravano giungere alle sue orecchie dalle cantine del Grand Hotel.

Perché mai il Cletto non era ancora uscito dall'ufficio di direzione?

La Gioietta stava cominciando a diventare nervosa, sentirsi un pesce fuor d'acqua, anche in grave imbarazzo notando come i camerieri che passavano di tavolo in tavolo chiedendo o versando da bere evitavano con cura quello dove lei era seduta. Dovette attendere quasi mezzora prima di veder uscire il marito dall'ufficio di direzione. Il destino volle che capitò durante una breve pausa dell'orchestra, così che non passò inosservato il suo passo meccanico, l'aria fintamente indifferente. Anzi, nel silenzio che s'era creato, più di un mormorio lo seguì e si percepì con chiarezza ciò che la Gioietta chiese: «Allora?».

E quello che lui rispose.

«Andiamo.»

«Dove?» ribatté lei.

«A casa.»

Ma come a casa?!

Come facevano a tornare a casa visto che mezzanotte era ormai prossima, non c'erano più treni, non avevano previsto che di rientrare con il primo del primo giorno dell'anno, alle cinque, dopo essersi goduti la festa fino all'ultimo istante?

Il Cletto tagliò corto.

«Andiamo. Ti devo parlare, spiegare una cosa.»

Ed era cosa che nessun orecchio, a parte quello di sua moglie, doveva ascoltare.

«Cioè?»

Fu la prima, incredula parola che uscì dalla bocca della Gioietta dopo che il Cletto le ebbe raccontato ciò che era accaduto nell'ufficio di direzione tra lui e il luciferino caposala Navigati. Quello che, dopo i suoi inutili tentativi di spiegarsi col Dellicani, di cercare comprensione, prendere tempo, ridurlo a più miti consigli, era avvenuto una volta che, mentre il direttore dell'hotel aveva riaccompagnato il commerciante nel salone, erano rimasti loro due soli. A cominciare dal commento d'esordio di Genuino Navigati.

«Un bel guaio davvero!»

Il Cletto l'aveva ben presente, non aveva saputo cosa dire né fare se non la mossa di andarsene che il caposala aveva sospeso con la scusa di offrire un cordiale.

«Vi vedo un po' scosso» aveva osservato.

E credo che anche la vostra signora... aveva aggiunto lasciando in sospeso la frase.

Ben appunto, era stato il pensiero del Siromalli, chissà in che condizioni era, tutta sola, là fuori... Ma: «Bella donna» era sbottato il Navigati, «bel personale!».

Il Cletto, cordialino in mano, aveva accennato di sì, meccanicamente. E il caposala: «Sigaretta?» aveva offerto.

Va bene, sigaretta.

Gliel'aveva anche accesa e aveva cominciato a fumare con lunghe tirate pensierose. Il Cletto aveva asciugato il cordiale, quasi bruciato la sua sigaretta mentre il Navigati, parlando tra le nuvolette di fumo, aveva chiesto: «Come pensate di risolvere?».

Bella domanda! Esisteva forse una possibilità?

«Non ne ho idea» aveva risposto riflettendo che non era quello l'unico guaio che il nuovo anno gli portava in dono.

«Nessuna nessuna?» aveva insistito il Navigati.

«Perché, voi sì?» aveva reagito il Cletto lievemente ironico: cosa ne poteva sapere un cameriere, per quanto caposala?

Il Navigati s'era dimostrato immune all'ironia.

«Be', qualche esperienza in proposito, frequentando questi ambienti me la sono fatta» aveva dichiarato.

E s'era fatta una solida convinzione: il soldo comandava! Il denaro era il dio che appianava contrasti, ridava sorrisi, faceva stringere mani, evitava avvocati e tribunali! La rabbia? La rabbia era un fuoco fatuo, l'acqua che lo spegneva si chiamava denaro! Con cosa si compravano amicizie, solidarietà, alleanze… donne, se non con il denaro?

«Ne sono convinto, purtroppo…» aveva borbottato il Cletto.

Come non avesse parlato.

«Ne ho visti di soggetti come il signore di poco prima» aveva proseguito il caposala. «Minacciano tuoni fulmini e tempesta ma anche di fronte a un affronto tra i più gravi, se mi spiego, rientrano nei ranghi quando il portafoglio torna a sorridere. Il denaro è una gran medicina.»

«Bisogna averlo però» aveva osservato il Cletto.

«Indubbiamente» aveva concordato il Navigati.

E se non c'era bisognava trovarlo, cercarlo là dove stava.

A quel punto il Cletto aveva drizzato le orecchie: dove voleva andare a parare il caposala?

«Là dove sta» aveva ripreso il Navigati battendosi una mano sul cuore. «Mille lire» aveva aggiunto «non sono poche ma si possono spendere a cuor leggero quando se ne avrà di ritorno un uguale valore.»

«Capisco...» aveva mormorato il Cletto, «ma anche no.»

«Vi spiego» aveva detto il Navigati, abbassando il tono della voce strizzando gli occhi.

Con quelle mille lire poteva saldare il debito col suo creditore. Dopodiché, pensava davvero che quello si sarebbe voluto rendere ridicolo davanti a un giudice ammettendo di essere cascato come un idiota nella sua messa in scena? E magari finire su un giornale nelle cronache giudiziarie? E ancora. L'accusa di aver utilizzato un documento falsificato che fine avrebbe fatto senza l'esibizione dello stesso, finito, come pensava, ormai chissà dove, quale prova? Una parola valeva quanto l'altra, ma soprattutto saldato il debito anche l'accusa cadeva. O no?

«E il guaio è bello e risolto» aveva concluso il caposala.

«Come no!» era sbottato il Cletto. «Mancano però le mille lire.»

«A tale proposito» aveva ribattuto il Navigati.

A tale proposito, aveva proseguito, come aveva osservato poco prima su certi valori adeguati a certe spese, ecco, la sua signora gli pareva tale se riferita alle mille lire che latitavano nelle sue tasche.

Al Cletto s'erano asciugate le fauci, il viso in bambola, le orecchie incredule. Mentre il Navigati aveva affondato.

«Ve le offro in cambio di qualche incontro con la vostra signora, senza che nessuno ne sappia niente oltre a noi due. Stabiliremo quanti appuntamenti per un equo accordo.»

«Ma...» era infine riuscito a dire il Cletto.

«Così va il mondo caro signore» l'aveva interrotto il Navigati, «a voi decidere.»

«Adesso?» aveva chiesto il Cletto.

«Meglio concludere ora il nostro affare.»

Il Siromalli s'era pasticciato il viso, aveva soffiato aria, strizzato gli occhi. Infine aveva deciso.

«Pagamento anticipato» aveva detto.

«Bella pretesa!» aveva esclamato il Navigati.

«Logica piuttosto» aveva obiettato il Cletto.

Quei soldi gli servivano rapidamente per evitare avvocati, giudici e tribunali.

«La sera del primo appuntamento» aveva acconsentito il caposala.

«Quando?» aveva chiesto il Cletto.

«Quanto prima» aveva risposto il Navigati.

Non appena passato il periodo festivo quando, chiuso il Leon d'Oro per un mesetto, sarebbe stato libero. Sapeva dove trovarli, aveva l'elenco di tutti gli ospiti di quella sera, nomi, cognomi, indirizzi. Non per niente era caposala.

61

«Cioè?» sbottò quindi la Gioietta in un fiato freddo, sul lungolago dove i due avevano passeggiato innumerevoli volte quand'erano fidanzati godendo ben altre temperature rispetto a quella che regnava nella prima ora del primo giorno dell'anno.

Campane, qualche sparo, grida isolate avevano accompagnato lo scoccare della mezzanotte, ormai era l'una, ancora quattro ore prima del treno per fare ritorno a casa. Mezzora buona se l'era presa il Cletto per raccontare tutto per bene giungendo fino al critico finale che la Gioietta aveva ascoltato ma come se non potesse credere che lui…

«Che tu… e hai potuto…» ma il freddo e l'assurdità di ciò che aveva udito le avevano imbrigliato la lingua fino a quando: «Cioè» le riuscì infine di ripetere, «in pratica mi hai venduto. Come hai potuto? Come puoi credere?».

«Dovevo pure uscire da quell'ufficio» rispose il Cletto.

«Ma…»

«Non avevo alternative» affermò il Cletto. «Anzi non ne abbiamo.»

Lì dentro, faccia a faccia col caposala s'era sentito scottare la terra sotto i piedi, terra che avrebbe scottato sempre di più.

«E hai accettato un tale commercio infame?» esalò la Gioietta prossima all'idea di gettarsi nel lago all'istante, non fosse stato che il Cletto l'afferrò per un braccio.

Sì, aveva accettato.

«Adesso però ascoltami bene» disse cercando di guardarla negli occhi nonostante il buio.

Perché dall'idea che aveva avuto poteva forse e finalmente nascere la loro vera, nuova vita. Una nuova vita che avevano continuamente sognato lontano da lì senza mai muoversi però. Adesso era scoccata l'ora di farlo, mollare gli ormeggi, smettere di sognare e darsi da fare.

62

Allo straccivendolo, rigattiere, robivecchi o comunque lo si volesse definire Maio Zampogna mancava una erre nel nome e forse, a detta dei più, anche qualche giovedì. Era solitario e malvestito, tuttavia non faceva del male a nessuno. Anzi, era di estrema utilità per il decoro del paese poiché tutti i giorni che il Signore mandava in terra, prima ancora che l'alba sorgesse, usciva da casa spingendo un carretto e raccoglieva ogni cosa gli capitasse di trovare. Sapendolo, chiunque avesse oggetti di cui disfarsi, sedie malconce, padelle, pitali, utensili usurati o ombrelli disfatti, bastava li appoggiasse fuori dalla porta di casa, in contrada o dentro le corti la sera per non vederli più la mattina seguente. Il giro che lo Zampogna effettuava era scontato, sempre lo stesso da anni e toccava anche gli angoli più remoti del paese. Nemmeno la viuzza dove sorgeva la casa del povero Erasmo era esclusa. Capitò così che la mattina del 10 gennaio mentre percorreva il buio ancora compatto di quello stretto budello, all'altezza di casa Siromalli il rigattiere avvertì quello che più tardi ai carabinieri definì come "un mugolio simile a quello dei cani quando odono la sirena del battello o altro rumore che li infastidisca". Fermo ad ascoltare, considerato che il verso riprendeva dopo brevi pause, certo che proveniva da dentro casa, tentò la porta e, trovandola aperta, entrò. Giusto due passi nella cucina dapprima, poi altri che lo condussero a buttare l'occhio nella camera da letto dove scoprì l'origine del verso: umana! C'era infatti un uomo sdraiato sul letto, imbavagliato, legato mani e piedi, che l'aveva guardato sgranando gli occhi e forzando viepiù la voce. Per quanto singolare, Maio Zampogna era comunque persona accorta. Temendo di finire in qualche guaio si guardò bene dall'avvicinarsi all'individuo, preferendo piuttosto di recarsi immediatamente, e in compagnia del carretto, presso la locale caserma dei carabinieri per dare l'allarme. L'assonnato appuntato che lo accolse gli fece ripetere il resoconto, giusto per verificare che non ci fossero innesti di fantasia. Preso atto che il rigattiere aveva riferito punto per punto due volte di fila senza variare, in compagnia di un collega carabiniere si recò in loco dove il soggetto stava ancora steso sul lettone e mugolava disperatamente. L'arrivo dell'Arma nella specie di appuntato e carabiniere fu uno shock per il caposala Genuino Navigati, poiché di lui si trattava. L'avesse liberato il malvestito che l'aveva scoperto, a quell'ora sarebbe stato uccel di bosco e chi s'è visto s'è visto. Gli fu subito chiaro invece che la presenza dei carabinieri significava domande cui non poteva certo rispondere con la verità. Era necessario elaborare una versione dei fatti che stesse in piedi senza alcuna zoppia. E in fretta, prima che le domande cominciassero, come fu con la più logica tra le tante non appena entrato e sedutosi nell'ufficio dell'appuntato.

Chi era?

E cosa ci faceva legato e imbavagliato in casa d'altri?

«Casa d'altri, è vero.»

Ma casa di amici, o perlomeno così aveva sempre pensato, rispose il Navigati dopo aver dichiarato nome, cognome e residenza. Era lì come si va di solito in case dove si pensa di essere bene accolti, in visita di cortesia, insomma, una visita rinviata innumerevoli volte stante il suo lavoro di caposala.

«Ho approfittato della chiusura dell'hotel in cui lavoro dopo il periodo delle festività» chiarì il Navigati.

Si era fermato a cena, forse aveva bevuto un po'.

«Si sa come va a volte tra amici.»

Per farla breve quando era venuto il momento di andare per prendere il treno, il padrone di casa, forse vedendolo malfermo sulle gambe, gli aveva proposto di fermarsi a dormire.

«Proposta che mi convinse quasi subito» affermò il Navigati.

Pensando al freddo di fuori, ma anche al disagio di viaggiare in treno a quell'ora, alla camminata che lo aspettava per raggiungere casa, dove peraltro abitava solo.

«Non sono sposato infatti» precisò.

Aveva accettato quindi pensando a tutte quelle cose ma non, convinto di essere tra amici, alle mille lire che aveva nel portafoglio, ritirate in banca quello stesso pomeriggio e che gli servivano quale anticipo che doveva versare per certi lavori da fare in casa.

«Chi l'avrebbe mai detto!» esclamò il caposala.

«Cosa?» chiese l'appuntato.

«Che l'accenno a quei soldi avrebbe fatto nascere nei due l'idea.»

«Quale idea?»

«Ma quella di fregarmeli!»

«Ah!»

«E certo» confermò il Navigati.

Era la prima cosa che aveva controllato non appena libero: il portafoglio, vuoto, sparite le mille lire e pochi altri spiccioli.

L'appuntato ragionò un istante.

«Non mi spiego come abbiano fatto a legarvi e imbavagliarvi» disse poi.

«È semplice» rispose il caposala.

Una volta stabilito di dormire lì infatti, a una cert'ora avevano deciso di andare a letto.

«Io mi sarei accontentato della poltronaccia che forse avete visto» spiegò il Navigati.

Ma il padrone di casa aveva insistito perché si accomodasse nel letto matrimoniale.

L'appuntato fu lì per obiettare qualcosa.

«Con lui naturalmente» lo anticipò il caposala. «Con lui!» rimarcò.

Sulla poltronaccia ci sarebbe andata la moglie che non aveva voluto sentire ragioni nonostante le sue proteste. C'era stato niente da fare. Dopodiché, una volta lì, con l'amico al fianco, passata una mezzora…

«Dormicchiavo già» disse il Navigati, «ma ci hanno pensato loro a spedirmi del tutto nel mondo dei sogni. Cloroformio, caro appuntato!»

«Un momento» scattò il carabiniere.

Perché stando così le cose era lecito sospettare da parte dei due la premeditazione del fatto, come sapessero che lui se ne andava in giro con una simile somma nel portafoglio.

«Ne avevo accennato, come detto, dopo l'invito a fermarmi, sentendomi dire che era un'ulteriore ragione per non andare in giro a quell'ora di notte» riferì il Navigati.

«Non si spiega però la presenza di cloroformio in quella casa» osservò il militare. «Sembrerebbe anzi che i due già sapessero di quella somma nel vostro portafoglio.»

Il Navigati giudicò opportuno non fare parola, limitandosi a stringersi tra le spalle.

«Non mi sembra che sia uso comune tenere in casa una simile sostanza» insisté l'appuntato.

«Chi lo sa» si accodò il Navigati.

«Bisognerà verificare» dichiarò l'appuntato.

Non appena avesse aperto la farmacia, chiedere se uno dei due acquistasse abitualmente il cloroformio oppure si fosse trattato di acquisto singolo, recente e mirato!

«Dopodiché?» chiese il caposala avvertendo solo allora il freddo che regnava nella caserma.

«Dopodiché toccherà ai vostri cosiddetti amici fornire più di una spiegazione» rispose l'appuntato.

Il Navigati tirò il fiato, avvertendo che il carabiniere aveva imboccato un'altra strada.

«Ma se sono spariti» obiettò.

«Non mi è certo sfuggito che la casa era vuota» sorrise l'appuntato.

Ma per quanto allo stato fossero irreperibili, prima o poi sarebbero saltati fuori.

«Nessuno sparisce per sempre, così, per magia» asserì.

«A meno che non sia morto. E in quel caso si trova un cadavere.»

«Posso andare quindi?» chiese il Navigati non vedendo l'ora.

«Non prima di aver ripetuto parola per parola ciò che avete detto e firmata la dichiarazione. Tenetevi comunque a disposizione per il necessario confronto coi due irreperibili al fine di chiarire i contorni ancora oscuri della vicenda» comunicò l'appuntato.

Genuino Navigati boccheggiò al pensiero: in quel caso, infatti, la verità non proprio onorevole e forse anche penalmente rilevante sarebbe venuta fuori, oltre alla falsa testimonianza appena rilasciata e che gli toccava sottoscrivere.

L'appuntato forse prese il suo silenzio per sfiducia nell'Arma.

«Non preoccupatevi, li troveremo, e anche le vostre mille lire! Non possono essere andati troppo lontano» lo rassicurò.

«Non ne dubito» rispose Genuino Navigati, fingendosi convinto al pari dell'appuntato e certo di essersi infilato con le proprie mani in un bel pasticcio.

63

Non aveva bisogno di vino per sciogliersi la lingua di Maio Zampogna, benché frequentasse osterie ma al solo scopo di cacciare balle e osservare coloro che erano impegnati con la briscola o la scopa. E quel giorno, fin dalle ore della tarda mattinata fu lui al centro della curiosità riferendo ciò che aveva scoperto. Ciò che di lui si mormorava circa i giovedì mancanti fu sulle prime motivo per mettere in dubbio il suo racconto; furono però dubbi che durarono appunto lo spazio di un mattino. Già dalla sera che Siromalli Cletto e la moglie Vendoli Gioietta fossero scomparsi nel nulla fu sulla bocca di tutti mentre i carabinieri appuravano che in effetti c'era stato, qualche giorno prima, acquisto di cloroformio presso la locale farmacia, giustificato con la necessità di sedare un potente mal di denti. Con autorevolezza il capostazione, interrogato tra i primi, escluse che i due fossero partiti in treno dalla sua stazione.

«Me ne sarei accorto perché nulla mi sfugge di ciò che accade nel mio territorio» affermò. Acutamente osservando poi che se la coppia aveva voluto allontanarsi senza dare nell'occhio nulla avrebbe impedito loro di raggiungere pedibus calcantibus una delle vicine stazioni, a una manciata di chilometri, dove avrebbero potuto contare sull'anonimato.

Quello stesso pomeriggio, carabinieri della tenenza di Lecco visitarono casa Vendoli allo scopo dapprima di verificare se per caso i due non fossero lì e successivamente informare la Castica e il marito dell'inspiegabile sparizione della coppia. Ci volle tutta la pazienza della quale i due militari erano armati per spiegare a marito e moglie che se loro erano lì era proprio perché non sapevano niente e speravano di avere lumi. E, come da ordini ricevuti al fine di non eccitare troppo gli animi, evitarono di chiarire le circostanze dell'evento, l'uomo trovato legato, imbavagliato e derubato della bella somma di lire mille. Lasciarono comunque detto, nel caso avessero novità o si facessero vivi, di informare immediatamente l'autorità.

La Castica promise a nome di entrambi, ma dopo la partenza dei carabinieri restò per lungo tempo in piedi, dietro la porta a inseguire certi pensieri che non volle condividere col marito né con il fratello Giusto: nelle narici però avvertiva odore di zolfo.

Passati due giorni l'assenza era diventata caso, fondato sulla persistente irreperibilità dei due nonostante le ricerche estese sull'intero lago e l'assenza di novità da casa Vendoli. Caso che non poteva non interessare le Cronache del Circondario del quotidiano locale. La mattina del quarto giorno infatti un articolo intitolato *Un mistero ancora irrisolto* compariva nelle pagine del foglio. Vi si raccontava dei due giovani sposi, a quanto pareva parecchio indebitati, S.C. e G.V., da ben tre giorni non reperibili presso la loro abitazione né presso lo spaccio ortofrutticolo di proprietà.

Se qualcuno sa cosa può essere accaduto, scriveva il cronista, *ancora non si è deciso a parlare.* Ma chi sapeva? Uno, il caposala Genuino Navigati, il quale per nulla al mondo avrebbe cambiato la sua versione dei fatti, ben felice invece, nonostante le mille lire volate via, di non dover dare imbarazzanti spiegazioni e cadere nelle grinfie della giustizia. Più volte nel frattempo i carabinieri avevano fatto ritorno a casa Vendoli sperando di trovarvi qualche novità ma di fatto riuscendo solo a provocare l'invadente curiosità di tutti coloro cui non era sfuggito tutto quell'andirivieni di divise, fatto che mal dispose la Castica verso l'umanità intera, compresa la figlia e il bellimbusto che aveva sposato sulla cui fine macinava pensieri tra i più diversi e maledicendo entrambi, responsabili com'erano delle grame giornate che le toccava vivere.

I giorni però passavano senza che del Cletto e della Gioietta si sapesse qualcosa. A quel primo articolo ne erano seguiti un altro paio stante l'interesse che il caso aveva suscitato nei lettori ma il cronista s'era poi trovato in difetto di particolari, costretto a ripetere le stesse cose pur mutando le parole e divagando. Di fatto è possibile che nella redazione si fosse deciso a un certo punto di sospendere l'interesse per la vicenda fino a che non fosse emerso qualcosa di nuovo. E comunque, al fine di comunicare ai lettori che il foglio restava sul pezzo, si permise al cronista di ipotizzare in un articolo che i due, per motivi allo stato ignoti, fossero fuggiti lontano, nascosti al momento in Valtellina o nella bergamasca quando non addirittura in Francia, Austria o nella vicina Svizzera. E magari separati per rendere più difficoltoso il loro ritrovamento, com'era di certi furfanti che dopo fatto il colpo prendevano vie diverse per ritrovarsi a spartire il bottino dopo un onesto lasso di tempo.

A meno che non fossero, secondo l'ipotesi più brutale, morti. Ipotesi, quest'ultima, che ebbe più di un seguace nel paese, soprattutto tra chi aveva avuto tutto il tempo di anatomizzare caratteri e stili di vita dei due. Lei che in giro s'era sempre vista ben poco e sempre con quel nasino in su come se si degnasse appena di vivere in quel posto. E lui, in fin dei conti un lazzarone, tant'è che qualche vecchio amico del genitore ricordava come il povero Erasmo gli aveva profetizzato una fine grama se non avesse messo la testa a posto. Morti probabilmente, e dove se non nel lago? Magari durante il tentativo di raggiungere la sponda opposta, fuggire, e invece, nel buio, nel freddo di quella notte, resisi conto di non avere vie di scampo, ma da cosa?, decisi a mettere fine a tutto. Ma barche orfane di passeggeri non erano state segnalate, né risultavano furti delle stesse. Un complice cooptato allo scopo di traghettarli avrebbe potuto condurli ma allora, se c'era, avrebbe potuto dire che fine avevano fatto o perlomeno chiarirne le intenzioni. Ma c'era questo complice? E se sì, dov'era, chi lo sapeva? Di ipotesi in ipotesi anche la più fervida delle fantasie, infine, si prosciugò e mise d'accordo tutti quella secondo cui, poiché dei due non si aveva più notizia, fossero davvero morti. E se nel lago, prima o poi quello ne avrebbe restituito i corpi alla pietà dei vivi. Cosa che peraltro il lago si rifiutò di fare nei mesi e negli anni che seguirono.

Epilogo

Era la metà mattina dell'ultimo giovedì di novembre 1934, mattina di freddo mordace che faceva lacrimare e poi gelare le stesse lacrime, quando presso l'ufficio di stato civile del comune di Lecco giunse una comunicazione su carta intestata del Patriziato di Biel-Bienne, regione del Seeland. L'impiegato addetto, Anselmo Mugugni, ammirò dapprima con vera meraviglia l'eleganza della busta, i bei caratteri dell'intestazione, annusando anche la carta mentre nella mente gli si formavano domande: cosa mai fosse un Patriziato, e poi dove fosse Biel-Bienne e pure la regione del Seeland. Pensando di trovare le risposte nello scritto aprì il dispaccio e lesse, di fatto contribuendo ad aumentare la confusione. Non solo non trovò di che risolvere i suoi dubbi ma ne accumulò altri, stupendosi via via che leggeva ciò che da quel posto remoto, perché non poteva essere che tale, comunicavano. Cioè che circa tre giorni prima della data di spedizione, sulle rive del lago di Biel, da Ariella Achermann, lucernese, ospite in quel periodo della sorella Mila, sposata in Ligerz, era stato rinvenuto cadavere il corpo di Giusto Incunati, cittadino italiano, residente in Lecco come da documento rinvenuto addosso al soggetto. Invalido, inoltre. Gli accertamenti effettuati avevano portato a concludere che la morte era avvenuta per assideramento stanti le rigide temperature specie notturne, potendosi escludere fatti violenti. La polizia locale inoltre aveva appurato che l'Incunati mancava già da sette giorni da un laboratorio di orologeria con sede in Biel-Bienne dove aveva ricoperto per alcuni mesi la carica di fattorino, abbandonandolo in seguito a un dissapore col responsabile dello stesso il quale aveva indirizzato gli inquirenti verso una pensioncina dove l'Incunati aveva risieduto durante il suo impiego. A dirigerla era certa Ester Keller che aveva subito messo in chiaro che l'Incunati mancava da cinque giorni, oltre a essere sempre stato in ritardo sul pagamento dell'affitto e, allo stato, in arretrato di un paio di mesi. Non solo. Perché alle sue reiterate richieste di non farsi sempre pregare per mettersi in pari coi conti, l'Incunati in un paio di occasioni le aveva servito la storia di una moglie con la quale era emigrato mesi prima in Svizzera in cerca di fortuna. Purtroppo una malattia di petto l'aveva costretta al ricovero e quasi tutto ciò che lui riusciva a guadagnare serviva per pagare degenza e cure. Dove fosse ricoverata, come si chiamasse quella donna, sempre che tutto ciò che l'Incunati le aveva raccontato fosse vero, la Keller non aveva saputo dirlo.

«A parer mio erano tutte storie» aveva commentato la Keller, «bugie belle e buone.»

E solo il suo buon cuore le aveva impedito di cacciarlo dalla pensione. A quel punto, giusto per sgombrare il campo da qualsiasi dubbio, alla Keller era stata mostrata una piccola fotografia rinvenuta nel portafoglio del defunto. Spiegazzata, sbiadita, macchiata, anche la Castica avrebbe faticato a riconoscere in quel viso impostato quello della Gioietta.

«E chi è?» aveva chiesto la Keller.

Forse uno solo avrebbe potuto dirlo, ma quell'uno ormai non parlava più. Appurato quindi che la morte era avvenuta per cause naturali e che il deceduto non aveva familiari in loco restava ben poco altro da fare, se non chiedere di provvedere affinché la famiglia si incaricasse delle incombenze burocratiche ed economiche onde dare corso al rimpatrio della salma che attualmente era a disposizione presso l'obitorio del locale ospedale.

Terminata quasi senza respirare la lettura il Mugugni decise che quello non era affar suo. Del segretario ragionier Aristide Cuticola piuttosto. Il quale, preso atto della richiesta, se ne liberò lestamente.

«Mandate un messo ad avvisare la famiglia» concluse.

«Certo» rispose il Mugugni.

Che però voleva risolvere i suoi dubbi.

Il Patriziato, innanzitutto.

Cos'era?

«Che ne so» rispose il Cuticola.

Ma almeno Biel-Bienne, quel Seeland, sapeva dirgli dove fossero?

«Ma in Svizzera no!» chiarì il segretario.

«Ah!»

E perché mai dalla Svizzera che non era dall'altra parte del mondo non avevano scritto alla famiglia per una cosa del genere?

Il segretario sbuffò.

«Non lo so» fece il Cuticola, «magari da loro funziona così, preferiscono andare per via ufficiale. Probabilmente non si fidano troppo di noi italiani. E forse fanno bene» concluse. «Comunque sia, adesso via, al lavoro, si provveda ad avvisare la famiglia.»

Da quando lo scandalo, la vergogna, le chiacchiere s'erano abbattuti su casa Vendoli, Castica Incunati aveva cambiato regime di vita. Per un paio di mesi, fintanto che la notizia, ripresa anche se solo in un'unica occasione da un foglio nazionale, aveva tenuto banco sul quotidiano locale s'era rifiutata tassativamente di uscire da casa e pure di lavare i panni altrui e di stirarli. Aveva receduto solo quando i soldi avevano cominciato a scarseggiare in causa del mercato del lavoro che aveva richiesto col singhiozzo la manodopera del Savinio, rimasto pacificamente in attesa di tempi migliori e con le mani in mano, ma senza rinunciare ai suoi appuntamenti con l'osteria. Di necessità era stata costretta a fare virtù ed era stata fortunata poiché la sua clientela non l'aveva dimenticata. Ma s'era e aveva imposto nuove regole. I panni andavano deposti oltre la porta e allo stesso modo una volta pronti ritirati. Per lavarli approfittava delle prime ore del mattino oppure di quelle vuote quando le casalinghe pari a lei dovevano occuparsi di pranzi e cene e altri impicci domestici. E se per caso incontrava qualcuno, metteva su una ghigna che faceva passare la voglia di scambiare anche solo innocenti chiacchiere. Una sola persona, dopo sei mesi circa, aveva avuto il permesso di entrare in casa sua, il placido don Abbondio. Che un bel dì, non avendola più vista comparire in chiesa né alla mensile confessione, attraverso la porta le aveva fatto presente che così facendo si stava bellamente guadagnando l'inferno. La Castica aveva dapprima risposto che l'inferno ce l'aveva lì, oltre quella stessa porta; poi però, temendo quello vero e ignoto, aveva ceduto alla proposta del sacerdote di portare lui personalmente in quella casa tribolata il conforto di comunione e confessione.

«A patto che non si parli di quella» aveva imposto la Castica.

Quella, la figlia di cui s'erano perse le tracce in una buia notte di gennaio di anni prima e della quale non si avevano mai più avuto notizie.

In genere le visite del sacerdote cadevano di venerdì, per consonanza con la passione di Nostro Signore, e verso metà mattina. Mai era capitato che cadessero di giovedì e a ridosso del rosario pomeridiano quando il Savinio era già seduto all'osteria alla volta della quale si avviava senza la compagnia della moglie. Così suonò molto strano alle orecchie della Castica, che stava stirando di lena, il bussare del messo comunale Svingo quando mancavano pochi minuti alle cinque. Escluse d'un subito che fosse il marito già di ritorno e si propose di lasciare l'eventuale importuno a consumarsi le nocche a furia di bussare. Ma il messo anziché quelle prese a usare i piedi che calzavano scarponi incurante di poter sfondare il legno della porta: così la Castica si vide costretta a chiedere perlomeno chi fosse, restando poi di stucco alla risposta.

«Il messo del comune!»

In qualche modo un'autorità!

E che voleva?

«Meglio se aprite» consigliò lo Svingo.

Certe notizie non si potevano mica dare parlando attraverso un legno.

«Meglio perché?» chiese la Castica.

«Perché sì, e finiamola» ribatté il messo.

O forse preferiva che intervenisse la forza pubblica?

Alla minaccia la Castica ebbe un brivido.

Che una nuova disgrazia si fosse abbattuta sulla sua casa?

Aperta la porta la donna ne occupò comunque lo spazio: prima di far entrare l'individuo che le stava di fronte voleva sapere.

«Che c'è?» chiese.

Lo Svingo, considerando che il suo orario di lavoro era scaduto pur se da pochi minuti, decise di tralasciare i modi ufficiali e usare quelli correnti e spicci cui era uso in famiglia o in compagnia.

«C'è che devo comunicare la morte di Giusto Incunati, avvenuta...»

Ma la Castica gli impedì di proseguire.

«Come vi permettete?» sbraitò.

L'onda d'urto del grido sorprese il messo che rimase a bocca aperta lasciando campo libero al donnone.

Come si permetteva di presentarsi alla porta di casa sua, una casa che aveva già passato e patito le sue, prendendosi gioco di lei e per di più spacciandosi per messo comunale e...

Ma: «Uè!» sbottò a sua volta lo Svingo ripresosi dall'attacco.

Lui era nel pieno delle sue funzioni, incaricato di ciò dall'amministrazione comunale nella persona del segretario Aristide Cuticola e non era lì per giocare o perdere tempo ma per comunicare, come già aveva annunciato, la morte di Giusto Incunati, avvenuta...

Ma di nuovo la Castica lo interruppe: «E quello chi è?» chiese girandosi e indicando lo zio Giusto assiso come sempre nella sua sedia d'angolo.

«E che ne so» fece il messo.

«Ve lo dico io» ribatté la Castica, «Giusto Incunati», suo fratello.

«Ma se è morto» osservò un filo disorientato il messo.

«Vi sembra?» chiese con un sorriso storto la Castica mentre lo zio Giusto sollevava una mano in segno di saluto.

«Non è possibile» commentò lo Svingo.

Il dispaccio parlava chiaro, rinvenuto cadavere sulle rive del lago di... di un lago in Svizzera insomma, morto di freddo.

«Se volete entrare e toccarlo» interloquì la Castica.

Allo Svingo l'idea non piacque per niente. Rifletté piuttosto che si trovava in una situazione quanto meno delicata e fuori dalle sue competenze. L'indomani avrebbe riferito e altri se ne sarebbero occupati. Non prima però di verificare una cosa.

«Un documento, se non vi spiace» disse.

«Un documento?» chiese la Castica.

«Se non vi spiace» ribadì il messo.

Non era così facile farlo fesso e il segretario avrebbe apprezzato la sua accuratezza.

«E sia» obbedì la Castica.

Che però, per quanto avesse cercato nel portafoglio e nelle tasche dell'unica giacca del fratello, dovette presentarsi al messo, sempre fermo sulla soglia, e ammettere di non averlo rinvenuto.

«È un mistero dove sia finito» borbottò.

«Riferirò» comunicò il messo con ritrovata dignità.

«Fate quello che volete» commentò la Castica.

Tenendo però presente che Giusto Incunati era quello lì, seduto sulla sedia, vivo e tutto sommato vegeto, e che chiunque nella corte e tra i vicini avrebbe potuto confermarlo.

«D'altronde» concluse, «potrebbe esserci qualcun altro che si chiama così.»

«Residente allo stesso indirizzo?» s'impettì il messo giusto per avere l'ultima parola.

Ma, per quanto ci si fosse dati da fare, il mistero restò tale. I misteri anzi. Da una parte quello del documento dello zio Giusto che non saltò fuori per quanto la Castica lo cercasse ovunque, per giorni e interrogando il fratello affinché ricordasse se per qualche ragione l'aveva usato ma ottenendo sempre risposte negative.

Quando mai? E per cosa?

Dall'altra quello del Giusto Incunati rinvenuto cadavere sulle rive del lago di Biel-Bienne. Chi era mai se non era il Giusto Incunati, invalido, residente in Castello di Lecco, tuttora vivo e tutto sommato vegeto, sulla cui identità avevano giurato e spergiurato almeno venti conoscenti tra cui anche il parroco don Abbondio?

Accertato comunque che il defunto non poteva essere colui che, esistente in vita, risiedeva in Lecco, per mano del segretario Cuticola la municipalità comunicò all'altisonante Patriziato l'esito delle indagini facendo presente che, stando così le cose, né la famiglia né tantomeno l'amministrazione cittadina avevano obblighi da onorare.

A quel punto la municipalità elvetica procedette per direttissima. Non volendosi intestardire in un contenzioso senza probabile sbocco decise per una soluzione sommaria della faccenda: cioè dando al sedicente, facendo testo il documento, Giusto Incunati una sepoltura purchessia e chiudendo così l'intera vicenda.

In casa Vendoli calò una sorta di neutralità armata nei confronti del destino, un'aria densa di impalpabile attesa prese possesso di quei poveri locali. Fu come se qualcuno sussurrasse, alla Castica soprattutto, che ancora non era finita, qualcosa doveva accadere. Ma si dovette attendere l'anno 1938, fatale per molti aspetti, il mese di maggio, quando la padrona di casa era vedova da un paio di mesi.

Dal momento in cui era sparita, la Gioietta non era mai più stata nominata: se mai "quella" era l'appellativo che le era stato destinato al cui uso anche il parroco don Abbondio s'era piegato pur pronunciandolo con una certa compassione. Ma la mattina di quel maggio, correndo verso casa Vendoli con un gran svolazzare del sottanone, era ben deciso a sottrarsi all'uso poiché aveva da riferire cosa che pareva incredibile se la fonte da cui l'aveva appresa non fosse stata più che affidabile.

A riportargli il fatto era stata Animosa Platonica, tra le migliori e più fantasiose nello spettegolare ai tempi della sparizione di Gioietta e marito, non certo attendibile a ben vedere se in quell'occasione non avesse parlato per bocca del figlio Fantino che da un quinquennio lavorava come aiuto chef presso uno dei ristoranti più esclusivi di Zurigo, il Kronenhalle. Giovane di sani principi e di rigida morale, il Fantino aveva lavorato per un decennio presso il ristorante Malanotte, lo stesso dove la famiglia Vendoli aveva consumato il pranzo dell'apparente riconciliazione. Abile e creativo molto più dello chef titolare, aveva compreso infine che quello, geloso del suo primato, l'avrebbe ostacolato in ogni modo pur di impedirgli qualsivoglia carriera, anche spargendo menzogne sul suo conto. E infine era addivenuto alla conclusione che per avere un futuro doveva abbandonare il meschino ambiente del ristorante, della città tutta. La soluzione era stata quella di partire verso l'estero, la Svizzera appunto dove aveva fatto la sua bella gavetta ed era infine approdato in quello storico ristorante nel quale la sua creatività aveva introdotto con successo i migliori piatti della cucina italiana. Grazie alle soddisfazioni che il lavoro gli aveva dato la lieve nostalgia di casa era ben presto svanita, sostituita dalla convinzione di averne trovata una seconda proprio nella plumbea Zurigo. Fidanzatosi con una cameriera tedesca dello stesso ristorante nel 1936 l'aveva portata a conoscere la famiglia di origine e il lago facendoglielo girare in lungo e in largo e nel maggio 1938 era tornato appositamente per comunicare ai genitori che entro la fine dell'anno si sarebbe finalmente sposato. Nei due giorni in cui s'era fermato a Castello di Lecco il Fantino, che ormai parlava meglio il tedesco dell'italiano, aveva raccontato molto di sé e di quello che faceva. E come se se ne ricordasse improvvisamente, sorridendo anche, aveva riferito ciò che don Abbondio, appresolo dalle labbra di Animosa

Platonica, stava per riportare a Castica Incunati col preciso intento di usare infine il nome di battesimo della figlia rinnegata. Non ci fosse stata la parola dell'integerrimo Fantino, il sacerdote avrebbe temporeggiato prima di decidersi a fare una simile ambasciata. Ma, oltre all'affidabilità del giovanotto, l'Animosa glielo aveva riferito durante la confessione, quando però assoluzione e penitenza erano già state comminate e si poteva quindi ritenere decaduto il vincolo della segretezza. L'animo del sacerdote era lieve alla sola idea di poter rivelare alla Castica che l'ottimo Fantino era abbastanza sicuro di aver visto non più tardi di un mese prima la Gioietta, di averla riconosciuta quasi certamente visto che erano praticamente cresciuti spalla a spalla nello stesso rione fino al momento in cui, giovani, le loro strade si erano separate.

Poteva dispiacere a una madre, per quanto incattivita dal malanimo, una simile notizia?

Don Abbondio bussò con una certa frenesia, dichiarandosi al contempo. La Castica stava stirando. Depose il ferro e guardò la porta: non era giorno di confessione o comunione. Cos'altro poteva esserci?

«Novità» rispose don Abbondio.

«Quali?» chiese lei.

«Da dirsi guardandosi negli occhi» annunciò il sacerdote.

La Castica, rossa in volto per il calore, aprì la porta.

«Sarebbero?» chiese senza spostarsi.

«Si tratta di vostra figlia» comunicò don Abbondio, tacendo poi per dare tempo a quelle parole di entrare una alla volta nelle orecchie del donnone.

Non era passata che mezzora quando il sacerdote fece ritorno in canonica affranto, appesantito dal pensiero di aver fatto più male che bene, ingannato dall'idea di portare un poco di luce in quella casa e di essersene invece andato con la percezione di avervi anticipato la notte.

«Ma se anche voi aveste visto il viso della Castica» soffiò appena, sfogandosi con la sua perpetua. Quel viso della Castica al solo sentir nominare la figlia si era improvvisamente addolcito vincendo la volontà di mantenere la maschera che s'era sempre dato quando anche solo veniva sfiorato l'argomento. Quel cuore indurito dalla rabbia era sembrato pronto a dimenticare, a riceverla, riabbracciarla...

«Allora?» aveva mormorato la Castica senza spostarsi.

Don Abbondio non aveva fatto la mossa di voler entrare. Se mai dopo, dopo aver svelato ciò che sapeva avrebbe osato quel passo, offrendo una spalla all'emozione della sua parrocchiana.

«Che il Fantino cioè» si era avviato a dire, «il Fantino, proprio lui, il figlio dell'Animosa» l'aveva vista non più tardi di un mese prima in quel di Zurigo, dove lui lavorava.

L'occhio della Castica si era improvvisamente velato, come pronto alle lacrime al pensiero di quella figlia sparita da così tanto tempo, fuggita chissà dove, forse data per morta, forse invece...

«E lui?» aveva chiesto d'impeto la Castica.

Lui, certo, aveva dedotto il sacerdote, lui, come no!, il marito, quel vagabondo che aveva sposato.

«Be', lui non c'era» aveva risposto.

A quella rivelazione la Castica aveva deglutito con vigore.

«Meglio così» aveva poi sentenziato. Ma subito: «Cos'ha detto?» aveva chiesto.

L'imbarazzo allora s'era impadronito del sacerdote. Si era reso conto all'improvviso che la Castica avrebbe voluto sentirsi rispondere che la Gioietta chiedeva perdono, era pentita e contrita, voleva solo ritornare nella casa che l'aveva cresciuta e far dimenticare tutto ciò che era successo.

«Purtroppo non lo so» aveva dovuto rispondere.

Non lo sapeva né avrebbe potuto perché il Fantino l'aveva sì vista, ma al cinema.

«Al cinema?» aveva mormorato la Castica, sul viso un'espressione incredula come se il povero don Abbondio le stesse raccontando una fregnaccia.

«Sì» aveva invece confermato lui. Ma non, aveva precisato subito, tra gli spettatori, piuttosto tra le comparse di un film ambientato in un conservatorio.

«*Accordo finale*, il titolo se lo ricordo bene» aveva aggiunto il sacerdote, e con l'ansia del testimone che non sta raccontando bugie.

Il viso della Castica era allora tornato quello che le aveva visto tante volte, feroce in un certo senso, spietato. Gli aveva chiuso la porta in faccia. Poi però l'aveva riaperta quando già lui stava scendendo le scale per gridargli una frase abbastanza strana: «Io non ho più una figlia, quindi non può essere lei!».

Terminato il resoconto don Abbondio si accasciò sulla sedia meditando ad alta voce.

«Avessi saputo di portare un nuovo dolore in quella casa anziché gioia me ne sarei stato zitto.»

«Fammi indovino e ti farò re» commentò di rimando la perpetua chiedendo se gradiva un poco di minestra riscaldata per rimettersi d'animo.

«Forse è proprio quello che mi ci vuole» rispose il sacerdote.

E subito dopo, fissando la donna: «Voi acqua in bocca» raccomandò così come aveva fatto con l'Animosa.

Ma ce n'era forse bisogno quando il destino dell'uno e dell'altra aveva smesso di incuriosire chiunque? Due vite effimere svanite nel nulla, ingoiate dallo sbadiglio cosmico come tante insieme con la loro storia che già da tempo aveva perso smalto, sostituita da altre più recenti e gustose che si stavano godendo il loro quarto d'ora di notorietà.

«Già» dovette ammettere il sacerdote.

«Perché appunto» riprese la perpetua, «non so se qualcuno vi ha riferito che il figlio grande del Mestoli, quello che fa lo stagnino… Ecco, pare che l'abbiano beccato nei bagni pubblici dove…»

Finito di stampare nel mese di marzo 2025
su carta HOLMEN
con fibra vergine proveniente da foreste sostenibili holmen.com/paper
presso Elcograf S.p.A. – Stabilimento di Cles (TN)
Printed in Italy